오가와 요코의 문학 세계
小川洋子

오가와 요코(小川洋子)의 문학 세계

초 판 인 쇄	2020년 06월 12일
초 판 발 행	2020년 06월 17일

편 자	다카네자와 노리코
역 자	김선영
발 행 인	윤석현
발 행 처	제이앤씨
책 임 편 집	최인노
등 록 번 호	제7-220호

우 편 주 소	서울시 도봉구 우이천로 353 성주빌딩 3층
대 표 전 화	02) 992 / 3253
전 송	02) 991 / 1285
홈 페 이 지	http://jncbms.co.kr
전 자 우 편	jncbook@hanmail.net

ⓞ 現代女性作家読本 ② 小川洋子, 高根沢紀子編, 鼎書房, 2005
ⓒ 김선영, 2020, Printed in KOREA

ISBN 979-11-5917-158-1 03830   정가 17,000원

오가와 요코(小川洋子)의
문학 세계

다카네자와 노리코 편

김선영 역

제이앤씨
Publishing Company

역자 서문

　오가와 요코의 작품은 역동적이지 않다. 한정된 공간 속에서 사건이 일어나지 않기를 바라면서 주변인들에게 눈에 띄지 않고 살아가고자하는 인물들이 모든 작품에 등장하기 때문이다. 작품 속 대부분의 공간은 병원이나 박물관, 도서관 같은 목적이 있는 특정한 행위가 이루어지며 고요함이 요구되는 장소이다. 또한 등장인물들은 생명력 없는 무기물처럼 과거의 기억에 매몰되어 지내고 싶어 하는 욕망을 반복해서 드러낸다.

　대표작인『박사가 사랑한 수식』으로 작가 고유의 문학세계를 유지하면서도 내용의 폭과 깊이에 새로운 지평을 열었다는 찬사를 받았다. 그렇지만 대부분의 작품에서 여전히 공간과 인물들은 그 장소에 그 모습 그대로 존재하고 있다. 작가 본인이 밝힌 바와 같이 먼저 소설의 배경이 될 만한 곳이 정해져야만 이야기가 움직이고, 그 밀폐된 장소 속에서 인물들이 최대한 숨을 죽이며 살아가기 시작한다.

　고독한 주인공 주변에는 친밀한 사람이 많지 않다. 게다가 그 마저도 떠나가려고 하거나 이미 사라진 상태에서 이야기는 시작된다. 사건이라고 할 만한 것이 거의 일어나지 않는다. 이미 발생한 일에 대한 회한이나 앞으로 생기게 될 일에 대한 우려가 깊이 나타날 뿐이다.

그럼에도 오가와의 문장에 끌리는 이유는 그 묘사 안에 우리의 모습이 보이기 때문이다. 점점 다양화 되고 복잡해지는 사회 속에서, 개인이 매우 뛰어나지 않다면 한낱 부속물로 여겨지기 십상이다. 앞서가는 인물이 되지 못한다면 이리 치이고 저리 치이는 존재가 될 확률이 높다. 그렇기 때문에 주변으로부터 상처 받지 않고 조용히 나만의 세계 속으로 잠식해 갈 수 있는 것만큼 안락한 것도 없을 것이다. 이것이 오가와가 지향하는 일종의 문학적 치유이며 핵심이라고 생각된다.

오가와는 이렇게 누군가의 이야기를 끊임없이 주변에서 찾아내 본인만의 언어로 엮어낸다. 아주 오래전 동굴에 그려진 벽화를 발견하고 후대에서 선조의 모습을 상상하는 것처럼, 오가와는 어떠한 장소를 발견하여 그 곳에서 전해지지 않은 기억들을 발굴하는 것이다.

그 이야기를 표현하는 방법도 독특하다. '내가 아는 이 이야기를 들어봐'라고 떠벌이는 태도가 아니라 '난 이 이야기를 하지 않으면 안 될 것 같아'라고 속삭이며 하염없이 누군가의 이야기를 풀어나간다. 삶을 살아가는 모든 인간들이 가지고 있는 슬픔과 안타까움을 대변하는 듯, 끊임없는 중얼거림과 혼잣말로 이어가는 오가와의 작품을, 주어진 삶에 대한 노동요라고 보는 건 지나친 해석일까?

이 번역서는 일본 가나에쇼보에서 제작된 현대일본여성작가시리즈 스물 두 권 중 두 번째로 제작된 오가와 요코 입문서이다. 현 시점에서 지금의 문학을 바라보는 다양한 층의 연구자들의 시선이 여기 모여 있다. 이 책으로 그동안 재미있게 읽었던 오가와의 작품을 한 층 더 깊이 있게 바라 볼 수 있는 기회가 되기를 바란다.

차례

오가와 요코의 문학세계

다카네자와 노리코

오가와 요코는 1988년 「호랑나비가 으스러질 때」로 제7회 가이엔 신인문학상을 수상하며 작가로 데뷔하였다. 「호랑나비가 으스러질 때」는 와세다(早稻田)대학 문예학과의 졸업논문으로 제출한 「비참한 주말」을 수정하여 제목을 바꾸어 응모한 것이다. 그 후 「완벽한 병실」(「가이엔」 89), 「다이빙 수영장」(「가이엔」 89), 「식지 않는 홍차」(「가이엔」 90)가 연속으로 아쿠타가와(芥川)상 후보에 오르고, 1991년 「임신캘린더」(「분가쿠카이」 90)로 제104회 아쿠타가와상을 수상한다. 「임신캘린더」는 20대 여성의 첫 수상작이었으며, 게다가 수상자가 주부라는 사실이 화제를 모았다.

「임신캘린더」는 같이 살고 있는 언니가 임신하여 출산하기까지의 과정이 여동생인 '나'의 시점에서 일기형식으로 그려진다. 〈임신〉이라는 여성만이 경험할 수 있는 현상을 모성(母性)과 그것을 받아들이는 사회를 분리하여 임신으로 인한 자기불안을 그려낸 이 소설은 여성작가에 의한 새로운 전개라는 인상을 짓게 되었다. 이른바 평범한 부부관계에 있어서 임신이란 축하할 일이고 기뻐할 일이다. 그러나 언니는 〈『임신』이라는 말을 징그러운 벌레이름을 발음하듯이 기분 나쁘게 발음)한다. 생명을 잉태한 사건에 특별함 감동도 없이 〈임신〉이라고 하는 사태만이 제시되어있다. 거기에는 가사이 기요시(「자의식과 여성」『뉴 페미니즘 리뷰2』 91)도 지적하고 있듯이, 지금까지 인간의 성(性)과 음식을 육체적인 토대로써 지탱해 온 가족 그 자체의 붕괴를 볼 수 있으며, 거기에서 현대적인 자의식을 읽을 수 있는 작품이다. 그런 의미에서 〈아기〉는 자의식을 흔드는 이물질에 지나지 않는다. 그러나 가장 위화감을 느끼고 있는 것은 〈임신〉한 언니가 아닌 〈임신〉하지 않은 여동생인 〈나〉이다. 〈나〉는 〈앞으로 태어날 아기에 대해서 어떠한 생각도 해 본 적이 없다고 문득 깨달았다. 성별이라든지 이름이라든지 아기 옷에 대해서 생각해 보는 편이 좋을지도 모른다. 사람들은 그런 것을 더 즐기면서 생각하겠지)라고 생각하고, 〈언니의 아기를 생각할 때 (이전에 책에서 사진으로 본-역자 주) 쌍둥이 요충을 떠올린다. 아기의 염색체를 머릿속에서 그려보는 것이다)라고도 생각한다. 〈나〉에게 〈아기〉는 조카로서 인식되지 않고 단지 물질로 여겨지는 것이다. 게다가 〈아기〉를 언니의 몸에 생긴 〈종양〉으로 여기고, 더욱이 언니의 남편인 형부에 대해 시시하다고 이야기하는 〈나〉는 결혼이라고 하는 것조차도 제대로 이해할 수 없다. 파괴된 것은 언니의 정신도 아기도 아닌 〈나〉자신이다. 〈나〉는 자의식 속에 갇혀 현실과 환상의 구별이 없어져 간다.

처녀작 「호랑나비가 으스러질 때」에는 미코토(ミコト)의 생명을 잉태한 〈나〉는 자신과 자신의 내면의 어느 쪽이 현실인지를 생각하며

현실도 환상도 어느 쪽도 아닌 세계로 빨려 들어가는 모습이 그려져 있다. 오가와는 〈현실사회나 가정이라는 장소에서 정상 혹은 비정상 이라든가 바르다거나 그렇지 않다고 생각되는 가치기준을 완전히 뒤집는 새로운 「현실」을 소설 속에 만들어 내고 싶다〉(「분가쿠카이」90) 고 아쿠타가와상 수상소감에서 밝히고 있으며, 이 주제는 현재까지 변함없이 계속 그려지고 있다. 이러한 작품의 창작방법은 때때로 그 애매함과 현실성의 부족으로 비판의 대상이 되어 왔다. 「임신캘린 더」에 〈나는 파괴된 언니의 아기를 만나기 위해 신생아실을 향해 걷 기 시작했다〉라는 소설의 마지막 부분을 어떻게 읽어낼 것인가에 대 해 의견이 분분하지만, 앞선 오가와의 발언에 비추어 본다면 오히려 그러한 애매함과 불분명함이야말로 의도된 것이라고 할 수 있다. 이 렇듯 마치 닫혀있는 듯이 보이는 이야기는 그렇기 때문에 독자의 심 상을 환기시킬 수 도 있다. 그러한 의미에서 작품 세계는 열려 있는 것이다.

오가와문학을 지탱하고 있는 것은 섬세하고 아름다운 문장이다. 「아쿠타가와상 선평(選評)」(「분게슌주」91)에서도 〈문장이 좋았다〉(고노 다에코) 〈문장의 감각이 좋으며 사건 하나하나를 정확하게 전달한다〉 (마루타니 사이이치) 〈투명하고 예민한 문장〉(요시유키 준노스케) 〈뛰어난 작 품은 반드시 훌륭한 문체를 지닌다〉(미우라 데쓰오)라는 문장에 대한 높은 평가를 얻어 이후 문장의 정교함에 관해서는 정평이 나있는 작 가이다. 결코 어려운 언어를 사용하지 않으며 평이한 단어로 펼쳐내 는 그 세계는 친절함이 넘친다.

13

때때로 그 묘사는 유기물에 쏠리고 있다. 첫 장편소설 『슈거타임』(추오코론샤, 91)에서는 갑자기 과식증에 걸려버린 주인공이 그 날 먹은 음식을 일기에 적고 그 음식물에 대해 생생하고 극명하게 이야기해 간다. 또한 「완벽한 병실」에서는 유기물(음식물)이 받지 않는 남동생과 지내는 〈완벽한 병실〉과, 남편과의 생활 속 유기물이 넘쳐나는 현실이 대비되면서 유기물에 대한 혐오를 그려간다. 그러한 그로테스크한 상상, 식(食)에 대한 집착, 신체에 대한 관심은 이후의 작품에 보다 선명하게 모습을 나타낸다. 그러나 그것이 결코 불쾌하지 않고 오히려 매력적으로 느껴지는 것은 그녀의 투명한 문체 덕분이다. 그 투명감이 살아있는 문체로 감각적인 세계를 포착하고 있다.

그런데 그 감각적인 문장은 순정만화적이라고도 평가되고 있다. 이것은 결코 칭찬으로서 사용되고 있는 것은 아니다. 미우라 마사시는 「식지 않는 홍차」를 평(「꿈의 불안」, 「가이엔」, 90)하며 작품 속의 언어가 영상적이며 순정만화적이라고 서술하고 있다. 그러나 이러한 평만으로 오가와의 작품을 순정만화적이라고는 말할 수 없을 것이다. 오가와의 문장은 상세하게 그려지면서도 영상을 거부하고 있다. 「식지 않는 홍차」의 현실과 환상(죽음)이 교차하는 세계를 영상(만화)으로 바꾸는 것은 어려울 것이다. 오가와 요코가 그리는 세계는 소설이기 때문에 성립하는 것이다.

또한 그 문장을 지탱하는 것으로써 비유의 탁월함을 들 수 있다. 「기숙사」(「가이엔」, 90)에서 〈나〉에게 들려오는 대학시절에 지낸 학생기숙사를 떠올리게 하는 어떤 소리를 이렇게 표현하고 있다.

어쨌든 그 소리에 관한 것은 발생지점도 음색도 울림도 어느 하나 애매하지 않은 것이 없어서 나는 아무런 말을 할 수 없다. 그래도 가끔 너무나 애매한 나머지 불안해져서 무언가에 빗대어 보자고 생각한 적이 있다. 겨울의 분수 바닥에 있던 동전이 한 알의 물보라와 부딪혔을 때 내는 소리, 회전목마에서 내린 후 귓속의 달팽이관 속에서 임파액이 떨리는 소리, 연인과 전화를 끊은 후에 수화기를 들고 있던 손바닥 안을 한밤중이 지나가는 소리······ 그러나 이런 비유로 대체 몇 명의 사람이 그 소리에 대해 이해해줄 수 있을까.

원래 인간의 감정은 개인적인 것으로 그것을 언어에 의해 정확하게 전달하는 것은 어렵다. 「기숙사」만 그런 것이 아니라 오가와 작품은 전편을 통해 그 분위기를 전달하고 있다. 오가와의 작품은 분위기 그 자체를 그리고 있다고 해도 과언이 아니다. 이 〈애매〉함이 독자의 심상을 부풀려주며 작품세계에 빠져들게 한다.

오가와문학의 특징으로서 신체의 결함을 들 수 있다. 「호랑나비가 으스러질 때」, 「완벽한 병실」, 「임신캘린더」등에서 결여되어 있는 것은 주인공의 정신세계이지만 「기숙사」이후로는 신체적 결함이 있는 인물이 등장하는 경우가 많다. 「기숙사」에서 학생기숙사를 관리하는 관리인은 오른쪽 다리만 있으며, 그로인해 죽음으로 몰리게 된다. 『슈거타임』에서는 〈나〉의 남동생이 키가 자라지 않는 병에 걸렸으며 『약지의 표본』(신초샤, 94)에는 약지의 끝부분이 잘린 주인공의 이야기가 나온다. 『약지의 표본』에서 표본을 만들려는 사람들이 〈표본실〉에 가져오는 물건들은 타고 남은 집터의 버섯이라든가 헤어진 남자친구에게 받은 음악 등 여러 가지이다. 〈표본실〉에서 일하는 〈나〉는 잘려버린 약지의 끝부분을 〈표본〉으로 만들려고 한다. 〈표본〉은 각자에게 결여된 〈표본〉이며, 그 결여된 과거를 〈표본〉화 하려고 하는 것이다. 결여된 신체는 결여된 정신의 상징으로서 이해할 수 있다. 그 결여감각은 표본을 맡긴 사람들의 것이라기보다 주인공의 것으로 볼 수 있다. 약지를 〈표본〉으로 만든 〈나〉는 그 결여를 〈표본〉으로 제작하기 위해 전체를 상실해 버린다. 결여된 그녀자신이 〈표본〉이 되는 것이다. 이렇듯 오가와문학에 나타나는 부분의 결여는 그것 자체가 전체를 나타내고 있다고 말할 수 있다.

오가와의 문학은 《기억》《소멸》의 문학이기도 하다. 「임신캘린더」에서도 언니와 공유하는 병원의 기억이 삽입 되어있다. 「여백의 사랑」(91)에서는 남편과의 불화가 원인으로 난청이 되어버린 〈나〉가 속기사 Y에게 자신의 기억을 문서로 쓰도록 부탁하며, 한편으로는 13세의 기억을 상기해간다는 현실과 기억을 매개로한 환상적인 세계가 그려져 있다. 「식지 않는 홍차」는 중학생 시절 기억의 이야기이기도 하며 그 기억에 메워져가는 주인공이 그려져 있다. 『고요한 결정』(고단샤, 94)은 《기억》을 주제로 한 작품이다. 주인공 〈나〉가 사는 섬에서는 리본과 향수와 장미, 달력, 사진 등 여러 가지 물건이 하나씩 사라져간다. 그것은 물질 그 자체가 사라지는 것이 아니라 그 물건에 얽힌 기억이 사라져 가는 것이다. 그 중에서도 기억을 잃지 않는 사람들은 〈기억사냥꾼〉이라고 하는 비밀경찰에게 연행되어 간다. 소설가인 〈나〉는 기억이 지워지지 않는 편집인 R씨를 집에 숨겨준다. 그 사이에 소설도 사라져 버리고 〈나〉는 소설의 말을 이해할 수 없게 된다. R씨는 소설을 계속 써내려간다면 기억이 사라지지 않을 거라며 계속 소설 쓰기를 권하지만 〈나〉에게는 어려운 일이었다. 왼쪽 다리가 소멸되고 마지막에는 신체의 모두가 소멸된다. 마지막에 목소리만 남은 〈나〉는 R씨가 숨어있는 폐쇄된 비밀의 방 안에서 사라져 간다. 이 작품 속에서 마지막에 남은 것은 목소리(언어)였다. 모든 것이 사라진 이 이야기에서 세상의 모두가 사라지고 나서 R씨는 비밀의 방에서 나올 수 있었다. 결국 기억을 잃지 않는 사람들에게 있어서 〈기억〉복권의 날이기도 한 것이다. 사에구사 가즈코는 〈소멸감각이라고 하는 다루는 방법에 따라서 존재론적인 어려운 소설이 될 수 있는 소설을 경쾌하고 환상적인 수법으로 전개했다. 장소도 확실하지 않은 가공의 섬을 설정하여 리얼리티의 틀 밖으로 나왔다〉라며 소설의 자세를 높게 평가했다. 기억의 《소멸》에 고집하는 자세는 뒤집어 생각하면 무언가를 향한 고집이기도 하며 회의이기도 하다. 《소멸》을 그림으로써 언어의, 기억의, 존재의 감각을 흔들어 대고 있는 것이다.

『얼어붙은 향기』(겐토샤, 98)에서 료코(涼子)는 갑자기 자살한 조향사였던 연인 히로유키(弘之)의 죽음의 진상을 조사한다. 히로유키가 료코를 위해 만든 〈기억의 샘〉이라는 향에 이끌려 료코는 히로유키의 기억세계로 들어가게 된다. 오가와가 〈지금까지 10년간 이야기를 닫힌 결말로 해왔지〉만 〈이야기를 닫는 것이 아니라 억지로 열어서〉, 〈속에 침전되어 있는 여러 조각을 수집하여 소설을 쓰자고 생각했다〉고 말하고 있는 것처럼 오가와문학의 전환이 된 작품이다.

『침묵박물관』(치쿠마 쇼보, 00)은 죽은 자의 유품을 모은 박물관을 만드는 이야기이다. 유물은 창부(娼婦)의 피임링, 개의 미이라 등 다양하며 그 대부분은 훔친 물건이다. 박물관전문기술자인 〈나〉는 노파를 대신해서 유품을 수집하게 된다. 유품은 수집되어 그 유품이 갖고 있는 이야기를 남기고 박물관에 수납된다. 유품이 갖고 있는 이야기란 그 사람의 살아온 《기억》이다. 오가와의 비유가 개인적인 것과 같이 유품도 개인적인 것이다. 그 개인적인 이야기는 독자의 개인적인 이야기를 재생시킬 수 있을 정도의 매력도 품고 있다.

오가와 요코는 중편과 장편뿐만이 아니라, 단편소설의 명수기이도 하다. 첫 단편소설집『안젤리나 사노 모토하루와 10개의 단편』(가도카와 쇼텐, 93)에서는 부제와 같이 오랫동안 팬이었던 뮤지션 사노 모토하루의 곡에 맞추어 쓴 10개의 단편이 수록되어 있으며, 음악에 이끌리어 쓴 10개의 단편은 〈사노 모토하루〉라고 하는 하나의 이야기로 이루어져 간다.『자수를 놓는 소녀』(가도카와 쇼텐 96)에 수록된 10개의 작품에 대해서는 〈「인간다움」이 그려져 있다〉〈작가의 미묘한 정황을 그려내는 센스의 탁월함이 이 단편의 곳곳에서 볼 수 있다〉(이사카 요코「슈칸 도쿠쇼진」)라고 평가 되고 있듯이 각 단편 속에 센스가 빛나는 작품집이다. 또한 『과묵한 사체, 음란한 조문』(지쓰교노 니혼샤, 98)의 11개의 단편은 각각의 이야기가 서로 연결되어 있는 연작단편소설집이다. 이 작품집은 오가와 문학이 갖는 이율배반적세계가 보다 확실하게 제시되어 〈한 단편의 중심이 다른 작품의 세부가 되어 나타나는 장치도 탁월〉(시바타 모토유키「신초」 98)해서 그다지 성공사례가 없는 연작단편 중에 재미있다고 높이 평가되고 있다.『과묵한 사체,

음란한 조문』에서 다양한 개인의 이야기가 하나로 연결되어 있었던 것처럼 하나의 개인적인 이야기는 다른 단편에 영향을 주고 있다. 이렇듯 오가와의 기묘하고 잔혹한 개인적인 이야기는 독자에게도 영향을 미치고 있다. 기억을, 과거를 재생하는 이야기는 독자를 각자의 과거로 인도한다. 이른바 오가와의 문학은 이야기의 재생을 촉구하고 있는 것이다. 『우연의 축복』(가도카와 쇼텐, 00)의 7개의 단편에는 오가와가 쓴 과거의 작품 및 미래의 작품이 아로새겨져 있다. 「에델바이스(エーデルワイス)」에는 소녀와 중년남성의 위험한 관계를 그린『호텔 아이리스』(가쿠슈 켄큐샤, 96)의 일부가 끼워 넣어져 있으며 「표절(盜作)」속의 표절된 작품은 다음의 단편집『눈꺼풀』(신초샤, 01)에 독립된 단편으로서 창작되었다. 이러한 방법은 무라카미 하루키와도 통하는 부분이다. 더욱이『우연의 축복』속 단편은 한 소설가의, 오가와 자신이라고도 볼 수 있는 인물의 성장기록으로서 읽어낼 수도 있다. 많은 작가가 자신을 소설에 등장시키는 일은 자주 있는데 그들 주인공(=작가)의 고뇌를 그리고 있는 경우가 많다. 그러나 오가와의 경우에는 그것을 환상적인 기법으로 그리며 소설의 재미를 더하고 있다는 점에서 다른 사소설적인 작품과는 또 다른 특징이 있으며 신선함이 있다.

『박사가 사랑한 수식』(신초샤, 03)은 제5회 요미우리 문학상과 제1회 혼야 대상을 수상했다. 특히 서점(書店)이 선고위원인 혼야 대상은 지금까지의 문학상과는 다르다는 점에서 작품이 주목된 데다,《수학》이라고 하는 문학의 세계에서는 직접적으로는 비교적 다루지 않는 제재를 취급하며 80분밖에 기억을 축적하지 못하는 초로의 박사,

가정부와 그 아들과의 교류가 그려진 이 작품은 오가와 요코 붐을 일으키며 많은 독자를 얻게 된다. 연구 분야에서도 「유레카」(04)에서 특집이 구성되어 『박사가 사랑한 수식』을 중심으로 오가와 요코가 논의되었다. 『박사가 사랑한 수식』은 오가와 요코 작품의 어떤 의미에서 도달점으로서 평가되고 등장인물들의 따뜻한 교류로 읽히며 잔혹하고 페티시한 면은 숨겨져 있다고 여겨지지만, 박사가 80분밖에 기억을 유지하지 못하는 사고 이전의 과거가 서술되어 있는 점은 그다지 모습을 나타내지 않는 미망인의 존재를 생생하게 전달하고 있어서 결코 따뜻한 교류라고만은 읽힐 수 없다. 박사의 《기억》을 보완하는 무수한 메모가 여러 모양으로 소개되는 중에도 있을 법한 미망인에 대한 메모는 그 존재조차 나타나지 않는다. 〈수학〉이라고 하는 〈애매〉함이 없는 소재를 쓰면서도 역시 서술되는 과거=《기억》은 〈애매〉한 모양으로 독자에게 제공되고 있는 것이다.

『브라만의 매장』(고단샤, 04 이즈미 쿄카상)는 〈창작자의 집〉의 관리인으로 일하는 〈나〉와 브라만(=수수께끼)이라고 불리는 동물과의 교류가 그려져 있다. 브라만이 도대체 어떠한 동물인지 마지막까지 밝혀지지 않는다. 게다가 〈나〉를 포함한 등장인물의 이름은 제시되는 적이 없다. 〈나〉가 좋아하는 잡화점의 아가씨의 이름을 실수로 〈창작의 집〉에 그녀에게 갈 우편물이 잘못 오는 바람에 처음으로 알게 되었다고 말하지만, 그 후에도 이름으로 불린 적이 없다. 비문(碑文)작가가 조각하는 문자도 또한 매장의 의식의 과정에서 이름을 상실해버린 인물들의 것이다. 이름들이 잠들어있는 고대묘지에는 이름 없는 《기억》이 잠들어 있다. 『브라만의 매장』이 브라만의(브라만과의) 《기억》이야기였던 것처럼, 고대묘지에서 잠자는 인원수만큼 《기억》이야기가 매장되어 있다. 앞서 서술한 「기숙사」에서의 비유처럼 《기억》은 개인적인 것이다. 거기서부터 이름을 뺏는 것으로 개인적인 《기억》은 많은 사람의 《기억》을 흔드는 태고의 《이야기》로 변환된다.

이후로도 오가와 요코는 은밀한 수수께끼를 계속 제공해줄 것임에 틀림없다.

오가와 요코(小川洋子)의 문학 세계

「호랑나비가 으스러질 때」
- 사에와 미코토의 사이 -

다카하시 마리

　〈나〉는 소녀시절부터 조모에게 보살핌을 받으며 자랐다. 아버지의 자식이 아닌 〈나〉를 낳고 어머니가 집을 나간 후, 아버지가 병으로 세상을 떠나면서 할머니에게 맡겨졌다. 친할머니 격인 그녀의 이름은 사에(さえ). 몇 년 후에 치매에 걸린 사에를 〈신천지(新天地)〉라고 하는 요양원에 보내는 것에서부터 소설은 시작되며 그 후 8일간이 그려져 있다. 그것은 임신한 〈나〉가 〈나의 내면〉을 향하는 시간이기도 하다.

　소설 속 시간은 〈나〉의 방에 걸린 달력에 나타나 있다. 그렇지만 〈나〉가 보고 있는 것은 단순한 숫자가 아니다. 〈신천지에 갔다 와서 5일째〉〈이제 곧 6일째다〉〈사에가 떠나고 나서 8일째〉. 조모가 떠난 후의 시간이 주의 깊게 확인되어 있다. 그러나 그것만은 아니다.

사에가 떠나고 5일째. 아니, 아니. 달리 세어야 하는 날이 있지 않은 가. 라고 나는 스스로 재촉한다. 달리 세어야 하는 날이라고? 또 다른 나가 모르는 체 한다. 그런 게 있을 리 없어.

남자친구인 미코토(ミコト)의 아이를 임신한 것을 알게 된 이후, 의식은 모두 그리로 향해있다. 조모와 교대하듯이 다가온 생명을 〈나〉는 할머니가 요양원에 〈가고 나서〉의 시간으로 측량하고 있는 것이다. 새로운 주를 맞이하는 〈8일째〉라고 하는 시간도 그것과 관련이 있다. 7일을 단위로 하는 임신주기가 한 발짝 더 진행된 것을 나타내며, 사태가 점점 돌이킬 수 없는 방향으로 나아가고 있다는 것을 자각하게 되는 것이다. 그 사이 〈내 안의 이물질의 존재감은 점점 확실한 형태가 되어〉가고 〈한시도 그 감촉에서 떨어질 수 없〉게 되어 가는 것이다.

아쿠타가와 수상작 「임신캘린더」에서는 이러한 시간이 전면적으로 나타난다. 〈12월 30일 6주+1일〉처럼 구체적으로 날짜가 더해져 임신주수가 명시되며, 데뷔작인 이 「호랑나비가 으스러질 때」에서는 밝히지 않았던 시간이 이야기를 구획 짓는 숫자로서 의식적으로 쓰이게 되는 것이다. 〈내 안의 이물질〉이라고 표현 하듯이 임신은 위화감의 감각으로서 받아들이고 있다. 〈나〉는 그것을 〈내 안의 이상함〉으로 받아들이며 〈제대로 된 현실〉로는 인정하지 않는다. 이 감각도 〈모성환상이 없이 「임신」이 그려졌다〉(미야우치 준코)고 여겨지는 「임신캘린더」로 연결되어 가는 것이다.

미혼의 젊은 여성의 성이나 임신을 다룰 경우, 소설이 그에 따른 주위와의 알력을 사건으로서 묘사해 온 것은 사이토 미나코의 『임신 소설』(94)에서 지적하는 점이다. 「호랑나비가 으스러질 때」보다 10년 전에 쓰인 나카자와 게이의 「바다를 느낄 때」(「군조」 78)에서 살펴보자. 엄마와 둘이 사는 주인공 〈나〉와 선배 히로시(洋)와의 성적인 관계를 그린 이 소설은, 고등학생인 〈나〉의 임신의 오인(誤認)을 포함한 히로시와의 갈등과 딸의 성적행위를 혐오하는 엄격한 엄마와의 불화를 축으로 전개한다. 남성이 존재하지 않는 집에서 젊은 여성이 성적관계를 갖는 1인칭소설이라는 점에서 두 여성작가의 데뷔작은 매우 닮은 구조를 갖고 있다. 그렇지만 「호랑나비가 으스러질 때」에는 조금 다른 형태로 나타난다.

「바다를 느낄 때」의 엄마를 대신할 존재가 이 소설에서는 조모이다. 그녀는 〈치부가 없는 여자처럼 진중하고 사려 깊으며 엄격〉하여 성장기의 〈나〉는 〈자신의 신체 전부를 짓눌린 비밀처럼 감싸며〉살 수밖에 없었다. 조모의 태도는 아들의 처, 즉 〈나〉의 엄마의 행위에 의한 것이다. 손녀에게 엄마의 모습을 반복시키지 않으려는 양육은 〈언제나 자손을 걱정하고 있다〉고 하는 그녀가 믿는 특별한 신과 같이 언제나 〈나〉를 걱정하며 간섭하는 형태를 취한다. 〈엄격한 기도의 형태가 나를 차단하고 있다〉라는 부분을 인용하지 않더라도 「사에」(사에(冴え)는 일본어로 선명함, 뛰어남, 훌륭함, 날카로움을 나타내는 뜻이 있는 단어이다-역자 주)라고 하는 이름은 어딘가 신의 경지를 나타내며 차단이라는 단어를 연상시킨다.

하지만 치매에 걸리고 나서의 조모에게는 그러한 힘이 없다. 옆방에서 〈나〉와 미코토가 무엇을 하건 다른 세계의 일인 것이다. 이 임신도 간섭이 풀린 옆방에서의 결과일지도 모른다. 게다가 그녀를 요양원에 보냄으로써 〈나〉는 완전히 조모의 시야에서 벗어날 수 있었다. 아이를 가졌다는 이유로 더 이상 누구와도 충돌할 기미는 보이지 않는 것이다.

그럼에도 불구하고 〈나〉가 임신 날짜수를 세는 예민함은 보통 이상의 것이었다. 게다가 그것은 조모가 떠난 이후의 시간에 따라서 계산되고 있다. 무언가에 속박되어있는 것 같은 그 모습은 미코토와의 관계에서 야기되는 불안과도, 처음 임신한 것에 대한 소박한 떨림과도 다른 것이다.

〈나〉는 상대방인 미코토에게 임신을 알리는 것을 주저하고 있다. 여기서 주저란 조모의 속박의 그늘을 느끼게 하는 효과로서 작동하고 있다. 〈언제나 내 안에 나의 엄마를 보고 있던〉 조모에게 있어서 아직은 남편도 약혼자도 아닌 남자의 아이를 〈나〉가 잉태한다고 하는 일은 있을 수도 없는 것이다. 역으로 생각한다면 조모의 속박을 풀어내는 인물로서 미코토라고 하는 존재를 생각나게 하는 것이다.

미코토는 종잡을 수 없는 캐릭터이다. 친절한 것 같으면서 무관심한 부분도 보여주는 시를 쓰는 청년이다. 「소음」이라고 하는 자신의 작품에 대해 그는 〈나〉에게 이야기한다. 〈도저히 무시할 수 없는 소음〉을 찾아 헤매는 시 속의 〈나〉는 소음 찾기를 포기하려던 차에 〈그녀〉를 만난다. 〈그녀〉가 찾아 헤매던 〈소음〉은 아니었지만, 〈나〉는 〈그녀를 슬픔에 빠뜨리고 싶지 않아서 소리를 지르며〉 〈건배〉를 한다. 미코토는 그 시가 게재된 잡지를 〈나〉에게 건넨다. 거기에는 한 장의 사진이 꽂혀있었다. 〈나〉와는 다른, 가늘고 긴 머리카락과 큰 눈과 코와 입을 지닌 여성이 사진이었다. 시속의 〈그녀〉와 똑같이 호랑나비를 손에 올리고 있다.

이러한 미코토를 지금 〈나〉에게 닥쳐있는 사태를 알아차리지 못하는 존재, 결과로서 잔혹한 처사를 하는 남자로 본다면 백화점의 장난감매장에서 산 호랑나비 표본을 〈나〉가 손이로 짓이겨버리는 소설의 마지막 장면은 한층 이해하기 쉽다.

이 소설은 〈나〉의 생리적·신체적 감각을 통해 인식된 세계를 그리고 있으며 독자는 〈나〉의 눈으로 보게 되는데, 등장인물로서의 〈나〉의 시선을 초월하는 부분도 나타난다. 특히 미코토에 관해서. 조모가 양손 가득 코스모스를 안고 오면, 미코토는 〈양손에 우주를 끌어안고 왔다〉고 말하며 조모가 가게 될 〈신천지〉와 〈어울리는〉 이름이라고 한다. 〈나〉의 인식을 넘어 〈나〉의 말을 보완하는 자로서 미코토의 대사가 있으며 그 말을 통해 보이게 되는 이야기의 전체가 나타난다.

미코토의 이름이 호적상의 이름인지 애칭인지는 알 수 없지만, 내러티브인 〈나〉를 통해 보여 주는, 이야기 속에서 상징성을 갖는 기호로서 기능하고 있는 것이다. 이는 조모 「사에」의 이름 이상으로 확실하게 나타난다. 「미코토」는 신의 말인 「말씀」과 상통하며, 그 이상으로 신의 이름 말미에 붙이는 언어, 즉 신 그 자체를 이르는 말이기도 하다.

그는 말한다. 〈정상과 이상, 진실과 환상의 경계선은〉 〈누구도 결정할 수 없다〉. 〈모라토리엄의 상태에 있는〉 자신들은 〈지금의 자신에게 확신을 가질 수 없으〉며, 〈진실을 알 수 없는 경우가 있다〉고. 요

양원에 들어간 조모가 〈이상〉하고 나는 〈정상〉이라고 하는 확신이 안
서는 〈나〉의 동요는 〈모라토리엄〉때문이라고 말하는 것이다. 〈모라
토리엄〉은 1980년대를 장식하는 키워드로 고정적인 사회의 가치관
에서 해방된 자유로운 시간이라는 정도의 의미로 사용되고 있지만,
그것을 〈기분 좋은 것〉으로 여기며 살아가고 있는 것은, 미코토가 어
느 한쪽에 방향을 정해놓았기 때문이다. 〈나〉가 혼란 속에서 지내는
것은 결국 방향을 잡지 못했기 때문이다.

위화감이기는 하나 〈아기〉에 대한 감촉은 매일 확실한 것으로 바
뀌어 간다. 성장하는 태아에 의해 〈나〉는 몸 〈안쪽〉 시간의 흐름을 떠
맡게 된다. 더 이상 일시적으로 시간을 정지시킨 것 과 같은 〈모라토
리엄〉의 시간에 계속 머무를 수는 없는 것이다. 미코토의 시 속의 〈그
녀〉와 사진의 여성을 동일시하고, 게다가 그녀가 자신으로부터 미코
토를 빼앗아갈 타자라고 믿어 의심치 않는 것도 관련이 있어 보인다.

시 속에서 마침내 만난 〈그녀〉에 대해서 미코토는 〈소녀 같기도 하
고 발레리나 같은 느낌도 들고 운동선수 같기도 하다〉고 표현한다.
그 전 장면에서 〈나〉가 젊은 여성의 다리에 관심을 갖게 되는 부분을
주목해보자. 지하철에서 부는 바람으로 〈치마가 나부낀다. 나도 사
에도 그 사람도 갖고 있지 않는 한껏 성숙한 장딴지가 보인다〉라는
대목이다. 〈그 사람〉은 엄마이다. 〈한껏 성숙한 장딴지〉가 아름다운
젊은 여성의 무언가를 상징한다고 한다면, 〈소녀〉〈발레리나〉〈운동
선수〉와 성숙하지 않는 〈나〉의 신체는 오히려 상통하는 심상을 불러
일으키도록 주의 깊게 선택된 것은 아닐까. 거기에 미코토의 말이 전
달되지 않는 〈나〉가 있으며, 차단하는 힘을 가진 조모에게 속박된 채

인 〈나〉가 계속 존재하는 것이다.

흔들의자에서 넘어진 자신을 제대로 앉아있는 자신의 모습에 〈끼워서〉 실패를 무마화한 체험을 말하는 미코토는 어느 쪽의 자신을 〈믿든지 나의 자유〉라고 말한다. 〈모라토리엄〉 안에서의 〈자유〉이지만 그와 마찬가지로, 사진의 여성과 너무나도 다른 용모를 허구의 〈나〉라고 치환하는 것도 가능한 것이다. 그러한 가능성을 닫아버리려고 호랑나비를 짓눌러 으스러뜨리는 것이다.

호랑나비는 〈날개를 좌우대칭으로 크게 편〉모양을 하고 있다. 이것은 〈원주형의 탑을 중심으로 해서 좌우대칭으로 날개를 편〉 〈신천지〉의 건물과도 통하는 부분이다. 또한 〈좌우대칭〉은 소설 속에 있는 정상/이상, 현실/환상, 보살피는 사람/보살핌을 받는 사람, 나 자신/나의 내면이라고 하는 이항개념의 상징이기도 하다. 한 쪽을 자유롭게 선택하는 〈모라토리엄〉 공간에 있는 미코토는 호랑나비의 날개소리에 건배할 수 있다. 하지만, 〈나〉의 〈자유〉로운 순간은 〈내면〉에서부터 무너지고 있다. 짓눌러 으스러뜨린 호랑나비의 파편이 달력으로 떨어지는 것은 상징적이라고 볼 수 있다.

오가와 요코(小川洋子)의 문학 세계

봉인되는 기억
-「완벽한 병실」를 읽고-

아오시마 야스후미

「완벽한 병실」은 남동생의 죽음을 그린 소설이 아니다. 이야기를 따라가면 확실히 남동생의 죽음이 나온다. 하지만 남동생의 죽음에 주안이 있는 것이 아니라, 누나가 남동생의 죽음을 어떻게 받아들이고 있는지, 남동생이 없는 지금을 어떻게 살아갈 것인가에 대해 이야기 하고 있다.

첫 부분을 다시 읽어보자. ⟨나⟩는 이미 남동생을 잃은 시점에서 아직 살아있는 남동생을 회상한다. 그러나 기억 속에 완벽한 형태로 수납되어 있다. ⟨남동생은 언제나 이 완벽한 토요일의 기억 속에 존재한다. 유리세공처럼 정교하게 남동생의 윤곽을 지금까지도 확실히 떠올릴 수 있다⟩.

⟨나⟩에게 있어서 이 기억은, 아버지가 집을 떠나고 어머니와 남동생을 잃은 자신을 앞으로 나아가게하기 위해 필요한 것이었다. ⟨무

언가 자질구레한 일로 기분이 가라앉은 때 나는 남동생과 지낸 평온한 시간을 떠올린다.) 일상의 분주함과 허무함에 압도되어 힘들 때 과거가 눈앞에 펼쳐진다. 잃어버린 것을 기억으로 봉인하는 이야기가 「완벽한 병실」이다.

작가 오가와 요코의 출발점이라고 할 수 있는 「안네의 일기」를 펼쳐보자. 독자는 안네 프랑크라고 하는 실존의 인물이 이미 이 세상에 없다는 것을 알고 있다. 하지만 책을 넘길 때마다 안네라고 하는 소녀가 생생하게 소생하는 것을 느낀다. 시공을 초월하여 한사람의 소녀가 언어의 세계에서 살아난다. 『안네의 일기』와 오가와 요코의 작품은 깊은 곳에서 공명한다. 「완벽한 병실」의 이야기에는 이미 존재하지 않는 것을 다시 불러내려는 의지가 드러난다.

오가와 요코는 「이야기는 그곳에 있다」(『마음 깊은 곳으로부터』수록)에서 다음과 같이 말한다.

> 짊어지기에는 너무도 가혹한 현실과 대면했을 때에 사람은 자주 그것을 이야기화(化)하다는 것을 알아차린 것은 최근이다. 현실도피와는 정반대의 방면, 오히려 현실의 깊숙한 곳에 몸을 맡기기 위한 수단으로서 이야기는 존재한다.

⟨나⟩는 청결한 공간에 몸을 두어 마음의 균형을 유지하려고 한다. 불안과 공포로부터 해방. 병원의 청결함이 마음을 안정시킨다고 한다. 죽음이라고 하는 가혹한 현실을 앞에 둔 ⟨나⟩는 현실의 깊숙한 곳에 몸을 맡긴다. 어쩌면 이야기란 이러한 현실의 깊은 곳에서 탄생

하는 것일지도 모른다.

소설의 클라이맥스를 보도록 하자. 눈으로 뒤덮인 병원의 한 방에서 병마와 싸우는 남동생이 있다. 그 병실의 위층에서 S의사에게 안기며 〈나〉는 다음과 같이 말한다. 〈나를 더 세게 가둬주세요. 내 몸 안에 생긴 종양 같은 눈물덩어리를 부숴주세요〉. 〈추상적인 인간〉이라고 평가되는 S의사의 근육에 둘러싸여 그 안에 갇히기를 바란다. 마치 성스러운 의식의 한 장면이다. 사랑을 〈변성(變性)〉되지 않는 형태로 기억 속에 제대로 〈가둬둔다〉. 〈나〉는 남동생과 자신의 관계를 《완벽한 병실》이라는 형태로 봉인하는 것이다.

그렇다면 완벽한 형태로 봉인한다는 것은 도대체 어떠한 것인가.

나는 아직 이런 식으로 기억 속에서만 남동생과 만나는 것에 익숙하지 않다. 그때 밀려오는 애처로움의 덩어리를 어떠한 식으로 다루면 좋을지 잘 모른다. 고인 혈액이 뒤얽혀 굳어가듯이 늑골 안쪽 주변에서 애처로움의 덩어리가 점점 커져간다.

〈나〉의 안에 자리 잡고 있는 것을 한마디로 한다면 〈애처로움의 덩어리〉가 아닐까. 여기서는 남동생이 죽고 나서 얼마 시간이 지나지 않았기 때문에 아직 남동생의 부재로부터 자유롭지 않다.

그러나 작품의 서술에 그 애처로움이 담겨있다.

그 애처로움이란 어떠한 것일까. 〈나〉는 다음과 같이 설명한다.

침대 옆의 소파에 앉아있으면 남동생을 향한 감정이 뭉게뭉게 피어

오르는 것을 알 수 있었다. 그 감정은 막 시작한 연애와 닮아있다. 발가 벗은 아기를 안았을 때와 같이 부드럽고 따뜻하다. 누군가를 사랑하기 시작할 때, 나는 언제나 그런 마음이 든다.

서술자인 〈나〉는 남동생에 대한 감정을 〈막 시작한 연애〉에 비유한다. 즉 순화된 사랑이다. 순화된 사랑은 〈변성〉하지 않는다. 연애는 시간에 따라 변화하고 심화한다. 그에 따른 엇갈림과 부정한 마음이 생긴다. 영원한 사랑이 없다고 알면서도 누구나 어디엔가 그러한 순화된 사랑을 추구한다.

투명한 심상을 갖는 순화된 사랑에 과연 현실감이 있는 걸까. 순애라고 하면 가공의 세계, 판타지에 불과하다고 하는 사람도 있다. 그러나 이 작품을 읽은 독자는 허풍이라고 느끼지 않는다. 그것은 순화된 사랑과 대비되는 생활세계(生活世界)가 그려져 있기 때문이다. 어머니의 죽음은 남동생과는 대조적인 죽음이다. 시간과 함께 파괴되어 가는, 정신적으로 유약한 엄마는 마침내 어떠한 사건에 휘말리어 죽게 된다. 여기에 그려지는 생활세계가 현실감을 갖게 한다. 생생함이 독자에게도 전달된다. 이러한 대비되는 기억이 있기 때문에, 남동생의 세계는 더욱 투명도가 높아진다.

〈나〉가 S의사로부터 처음 남동생의 상태에 관해 듣는 장면이 있다.

내가 어딘가 특별한 장소에 던져진 기분이 들었다. 탈의실에서 수영부의 그가 젖은 수영복을 나의 교복에 들이밀었을 때, 경찰의 영안실에서 엄마의 입술이 변색되어 있는 것을 보았을 때, 그럴 때 느꼈던 것과 같은 종류의 기분이다. 몇 년이 지나 떠올릴 때도 아, 그때는 특별했다라고 느끼는 애달프고 숨 막히는 장면이다.

애달프고 숨이 막히는 3개의 장면이 기억 속에서 연결된다. 기억이란 불가사의한 작용을 한다. 이미 체험했던 것이 시공을 초월하여 이어진다. 기억은 뒤얽혀 〈나〉라고 하는 주체를 형성한다. 남동생의 기억과 그 배후에 있는 기억이 교차한다. 그것은 〈애처로움〉이라는 한 줄의 실로 엮인다. S의사의 〈가슴에 묻힌, 눈 오는 밤〉, 이 날의 기억을 향해 여러 사건이 〈나〉의 안에서 연결된다.

우리가 사는 현실세계를 생각해보자. 담담하게 흐르는 일상, 매일 변화 없이 《평온한 날》이 계속된다. 그러나 그런 일상에도 죽음이 드리우면 한순간에 상황이 일변한다. 오가와 요코는 이러한 일상과 비일상의 경계를 멋지게 그려낸다.

시미즈 요시노리는 「감춰진 공화국」(「유레카」 04.2)에서 다음과 같이 말한다.

이른바 넘치는 풍요로움과 끊이지 않는 정보의 떠들썩함이 대부분 자각할 수 없는 죽음과 같은 의미인 것과 같은 그러한 「세계의 종말」에 우리는 갇혀있다. 그러한 반어적인 상징적 "수용소(收容所)"와 정면에서 대치할 수 있으려면 이미 실존했던 수용소가 남긴 엄청난 죽음의 기억과 아무 말 없는 유품만이 있어야 한다. 안네 프랑크를 이전부터 유물로서 갖고 있는 오가와 요코의 소설에는 현실 속 분주함의 배후에 자리 잡은 죽음의 침묵과 공명한다.

사고로 딸을 잃은 어머니를 상상해보자. 갑작스러운 사고로 쩔쩔
매면서도 어머니는 반복해서 생전의 딸에 대해 이야기 할 것이다.
시간이 지나도 어머니의 기억 속에서 딸은 계속 존재할 것이다. 기억
속 딸의 《이미지》는 결코 나이를 먹지 않는다. 세월이 가면 갈수록
그 《이미지》는 점차로 순화되어 이야기로서 어머니의 마음에 자리
잡는다. 순화되어 언제까지나 〈애처로움의 덩어리〉로서 사라질 일은
없다.

이렇듯 근처에서 일어난 죽음과 대비할 때, 「완벽한 병실」이라는
작품의 보편성에 다시금 놀라게 된다. 《이야기》는 상실된 세계를 재
생한다.

완벽한 육체 / 부패하는 신체
-「다이빙 수영장」에 대해 -

치바 슌지

　오가와 요코는 어떤 의미에서 완전하고 완벽한 세계에 대한 끊임 없는 애착을 갖고 그 매혹의 견인에 저항할 수 없는 성향을 갖고 있 는 것 같다. 『박사가 사랑한 수식』에는 28이라고 하는 완전수에 대 한 애착으로 표현된다. 완전수란 그 약수를 모두 더했을 때의 숫자 이다.

　　28 : 1 + 2 + 4 + 7 + 14 = 28

　완전수는 또한 연속되는 자연수의 합으로서도 나타낼 수 있으며, 가 장 작은 완전수는 6으로, 6의 다음이 28, 그리고 496, 8128, 33550336, 8589869056 으로 이어진다. 이들 숫자는 〈완전이라는 의미를 실로 표현하는 귀중한 숫자〉이며, 수없이 존재하는 자연수 중에도 매우 개수가 적다. 〈나〉가 우연히 28의 약수의 총합이 28임을 발견했을 때, 〈불분명한 의미의 난잡함 속에서 그 한줄 만큼은 어떠한 존재의 의지에 의해 관철된 것처럼 꼿꼿이 줄지어 있다. 건드리면 아플 정도로 힘에 넘치고 있다〉고 한다. 〈의미 불분명한 난잡함〉—무질서하고 명쾌하지 않은 일이 많은 이 현실세계 속에서, 정연하게 질서를 내포하고 누군가로부터 간섭을 받지도 않으며 스스로 하나의 완결된 세계를 고고하게 우뚝 서있는 완전수. 그것은 마찬가지로 자연수이면서도 어떠한 존재로부터 축복받은 특별한 숫자이다.

「다이빙 수영장」에서는 그러한 완전수를 체현하는 존재로서 고아인 준(純)을 등장시킨다. 준은 아버지가 누구인지도 알 수 없는 사생아로 태어났는데, 어머니가 알코올중독이어서 4살인가 5살에 고아원인 〈히카리인(ひかり圍)〉에 떠맡겨져서 지금은 고등학생으로 다이빙 선수가 되었다. 서술자인 〈나〉(아야 彩)는 종교단체의 선생님으로 〈히카리인〉 원장인 부모사이에서 태어난 〈히카리인에서 고아가 아닌 유일한 아이〉이다. 준과 〈나〉는 10년 이상이나 같은 집에서 살며 같은 학교에 다니고 있지만, 〈나〉는 수영장 관람석에서 다이빙 연습을 하고 있는 준을 볼 때에 가장 친근함을 느낄 수 있다.

　　준이 10미터의 다이빙대 위를 걷고 있다. 수영복은 어제 준의 방 창문의 차양에 걸어둔 자주색 팬츠였다. 다이빙대 끝까지 와서는 천천히 수면에 등을 향하고 발뒤꿈치를 가지런히 한다. 몸 전체의 근육 하나하나가 일제히 숨을 멎고 꼿꼿이 긴장한다. 그 때의 발목에서 대퇴에 걸친 근육 라인이 준의 몸에서 가장 좋다. 청동상처럼 차갑고 우아하다.

　이러한 준의 모습이 전 작품 「완벽한 병실」의 S의사에서 계승된 것은 금방 알 수 있다. S의사는 〈키가 크고 가운을 입었어도 두꺼운 가슴이 느껴질 정도이다. 수영선수를 연상시키는 것 같은 균형이 있는 멋진 몸매〉이다. 「완벽한 병실」의 주인공인 남동생은 〈나〉가 근무하고 있는 대학병원에 입원하는데 S의사는 동생의 주치의가 된다. S의사의 부모는 고아원을 경영하는데, 혈연의 형제는 한명도 없지만, 그 이외의 형제는 많아서 언제나 그 수가 늘거나 줄거나 한다. 「다이빙 수영장」의 〈나〉와 같이 S의사는 고아원을 경영하는 집의 아이인데, 준은 부모의 얼굴도 잘 모르는 채로 맡겨진 아이이기는 하나, 두 사람 모두 부모와 그 아이라고 하는 혈연에 의해 묶여진 완전한 가족으로부터 소외되고 있는 것은 동일하여, 두 사람은 언제라도 그 위치를 교체할 수 있는 존재이기도 하다.

　그런데 오가와 요코는 오기노 안나와의 대담(「SPA」 92)에서, 〈저는 운동선수의 신체에 자극받아 쓰는 경우가 매우 많아요. 『완벽한 병실』에 S의사라는 여주인공에게 있어 완벽한 신체를 가진 인물이 등장하는데, 그것은 서울올림픽 때, 수영선수 스즈키 다이치(鈴木大地)의 물에 젖은 근육의 광택과 볼륨에 감동이 생겨서 썼어요. 『다이빙 수영장』도 다이빙 연기를 보고 자극받은〉 것이라고 그 배경을 피력하고 있다. 「완벽한 병실」의 주인공은 남동생이 죽음에 가까워지고 있을 때, S의사에게 〈당신의, 가슴의 근육으로 안아 달라〉고 애원한다. 〈남동생을 애처로워하는 마음이 그의 근육을 원하는〉 것이라고 하는데, S의사의 〈근육에 완전히 가둬졌을 때〉, 〈나〉는 〈육감적인 고독〉 속에 〈이대로 조용히 무기물처럼 깨끗하게 살아갈 수 있다면 좋겠어. 아무것도 변하지 않고, 어떤 것도 변하지 않고, 어느 하나 부패하지 않고, 이대로 계속 남동생과 같이 지낼 수 있다면)이라고 절실하게 바라지 않을 수 없는 것이다.

여기는 매우 따뜻하다. 무언가 거대한 동물의 체내에 삼켜진 것 같다고 항상 생각한다. 잠시 앉아있으니, 머리카락과 속눈썹과 교복 블라우스가 이 따뜻함을 머금어 촉촉하게 습기를 띠게 된 것을 느낄 수 있다. 땀보다는 끈적이지 않지만 약간 소독약 냄새가 나는 수분이 나를 감싼다.

「다이빙 수영장」은 이렇게 시작되는데, 방과 후, 수영장 관람석에서 준의 다이빙 연습을 보고 있는 〈나〉는 마치 〈완벽하게 청결한 병실의 침대〉에서 눈 오는 밤에 S의사의 완벽한 근육에 안긴 「완벽한 병실」의 주인공과 다를 바 없다. 그렇지만 현실에서는 남동생은 죽고, S의사는 고아원을 물려받기 위해 병원을 관두게 되어 〈나〉와 다시 만날 일은 없게 된다. 시간이 모든 존재를 부식시키고, 전부를 변화시키며 변질시켜가는 것이다.

「다이빙 수영장」에서 변질되지 않는 것은 어릴 적 복도에 눈이 들어와 쌓여 준과 둘이서 즐겁게 시간을 보낸 〈나〉의 기억 속에 있는 〈특별한 시간〉뿐이다. 〈나〉는 항상 변성하고 부패해가는 현실세계에서 떨고 있으며, 그것은 〈나〉의 가장 오래된 기억과 연결되어 있다. 무화과의 가지에서 나오는 하얀 액체를 우유라며 준에게 마시게 하는 놀이를 하던 중에 〈여기에 있는 준은 도대체 누구인가. 어느 날 갑자기 와서는 함께 살게 되었다. 형제도 아닌데. 준 뿐만이 아니다. 우리 집에는 잘 모르는 타인이 가득 있어서 가족처럼 행동하고 있다〉고 〈나〉는 〈무언가 걷잡을 수 없는 기분 나쁨〉에 시달린다. 이 〈기분 나쁨〉이란, 자기를 받아들여주는 확고한 가족을 갖지 못하고 항상 변용하는 가족 속에 있는 〈나〉가 느낀 이 현실세계의 〈의미 불분명한 난잡함〉 그 자체를 말하는 것이라고 보인다. 마침내 그것은 준의 입술에 하얀 액체가 더 나올 것 같은 무화과의 굵은 가지를 바르는 것처럼(무화과의 액에는 피부를 짓무르게 하는 성분이 포함되어 있다), 〈나〉의 늑골 사이에 〈잔혹한 마음〉을 몰래 키워가게 된다.

이 〈잔혹한 마음〉은 지능이 낮은 어머니에게 태어나 〈히카리인〉에 맡겨진 어린 리에(リエ)에게 향한다. 〈나〉는 리에를 괴롭혀서 울리는 것에 쾌감을 느끼고, 곰팡이가 핀 케이크를 먹여 리에의 몸 그 자체를 부패시키려는 충동에 휩싸인다. 그렇지만 한편으로 어린 아이가 울며 누군가의 품에 달려들어 안기기를 바라는 것처럼, 〈기분 나쁨〉에서 빠져나오기 위해 준의 완벽한 신체에 포함되기를 바라마지 않는 것이다. 그러나 준은 〈나〉가 리에에게 한 모든 행동을 알고 〈나〉로부터 멀리 떨어져가게 된다. 〈나〉가 희구한 〈무기물처럼 깨끗하〉며 〈육감적〉인 완벽한 신체라 함은 어차피 이 현실에 있어서는 도저히 존재할 수도 없는 환영에 지나지 않는다. 이 세계에 있어서 그것은 『박사가 사랑한 수식』의 박사의 기억 속에 있는 야구 팀 한신타이거스(阪神タイガース)의 등번호 28번인 투수 에나쓰 유타카(江夏豊)와 같이 카드 속에서만 그 영원하고 찬란한 모습을 남길 수 있는 것이다.

오가와 요코(小川洋子)의 문학 세계

「식지 않는 홍차」의 〈식지 않는〉기억

다카네자와 노리코

〈그날 밤, 나는 처음 죽음이라고 하는 것에 대해 생각했다〉로 시작하는 「식지 않는 홍차」는 작품 전체가 〈죽음〉에 에워싸여 있다. 〈나〉는 〈초등학생시절 남동생과 같이 기르던 열대어〉의 〈죽음〉, 〈더 어렸을 때〉의 삼촌의 〈죽음〉, 그리고 그것보다 〈더욱 확실한 윤곽을 갖〉는 〈중학시절의 동급생〉의 〈죽음〉이라는 〈죽음〉에 대한 〈기억〉을 차례차례 연상해 나간다.

　미우라 마사시는 〈커피나 엔젤피시 같은 열대어 시해는 의외로 아름답다. 먹다 남은 사료와 옅은 녹색의 수초로 흐릿해진 물위로 떠오르면, 열대어의 몸은 반짝반짝 빛나기 시작한다. 빨강과 파랑이 물감튜브에서 갓 짜낸 것 같은 선명함으로 떠오른다. 남동생의 작은 손바닥 위에서 흐릿해진 눈동자는 허공을 바라보고 있다〉라는 부분을 예로 들며, 이야기는 〈모두 선명한 영상과 함께 나타난다〉며 〈그대로 몇 코마의 만화가 된다고 봐도 좋다〉라고 순정만화와 유사함을 지적한다. 이는 결코 긍정적인 의견이 아닌데, 〈단편집 『식지 않는 홍차』에 대해서 조금 더 말하자면, 작품으로써는 또 다른 작품「다이빙 수영장」쪽이 어쩌면 훨씬 뛰어나다.)(「꿈의 불안」,「가이엔」, 90)라는 발언에서 알 수 있는 것처럼,「식지 않는 홍차」에 소녀취미이며 감상적이고 만화적이라는 낮은 평가를 내리고 있다.

그러나 주목할 만한 것은 이 영상적인 문장이 풍성한 색채를 동반하며 친근한 〈죽음〉의 〈기억〉과 결부되어 있다는 것이다. 〈죽음〉에 대한 〈기억〉들은 〈물감튜브에서 갓 짜낸 것 같은 선명함〉으로 〈빨간 과육을 연상시키는〉해부도(解剖圖)로, 상복의 〈검정〉으로 여러 색채를 연상하게 한다.《기억》이라고 하는 것이 단순한《기록》이 아니라 〈현재와의 관계에 있어서 끊임 없이 생성되고 있는 것〉이라는 것은 최근에 연구되고 있는 것으로, 〈신체감각은 기억이 성립되기 위한 전제조건이며, 신체이미지는 끊임없이 생성·변화하는 기록에 있어서의 기본적이 틀이 된다. 회화나 조각에서만이 아니라 사진과 영상예술 등 모든 예술적 창조에 있어서 신체기억의 동적인 관계는 본질적이다〉(미나토 치히로『기억』고단샤 신쇼, 96).《기억》과《신체감각》은 강하게 결부되어 있는 것이다.「식지 않는 홍차」속 〈죽음〉의 〈기억〉은, 색채뿐 만이 아니라 홍차의 〈향기〉와 악마의 발톱이라 불리는 식물의 종자가 튀어 나오는 〈소리〉라고 하는 《신체감각》과 함께 기억되며 〈테두리가 둘러져〉있다. 그러한 의미에서 작품은 공감각적인《기억》의 장치를 나타내고 있다.

더욱이 〈나〉의《기억》은 〈언어〉와 가장 밀접한 관계를 갖고 있다. 〈어떠한 사소한 일이여도 말로 하는 것이 어려웠〉던 중학생 시절에도, 동거하는 사토(サトウ)와 원만하지 않은 지금도 〈나〉는 〈언어를 잃

은 자신의 마음속을 차분히 바라보다 보면, 결국 마지막에는 슬퍼져
버리〉는 〈언어〉를 잘 활용할 수 없는 존재이다. 어떤 의미에서 〈언어
불신의 소설〉(추조 쇼헤이 「오가와 요코『식지 않는 홍차』」「마리 클레르」 90)이라
고도 할 수 있는 점에서 사토와의 관계와 비교했을 때, 죽은 동급생
을 조문하러 같이 간 또 다른 남자 동급생K의 커플 관계는 〈그녀가
잔혹한 말을 해도 낭만적인 언어처럼 들리〉고, 〈그들의 대화에는 어
떻게 저렇게 불순물이 섞여있지 않은 것일까〉라고 〈나〉는 느낀다.
〈나〉를 가장 화나게 하는 것은 사토가 나에게 남기는 메모의 〈글자〉
이다. 사토와 말다툼을 하고나서 방 정리를 하는 〈나〉는 〈낡은 기억
속에 눌려있던 것들이 내 손끝에서 확실하게 떨어져 나가는 순간의
감촉〉을 맛본다. 그리고 그 후 찾아낸 것이 반납하지 않았던『중학생
을 위한 세계의 문학Ⅳ 독일편』이었다.

　미나토 치히로는 사진을 예로 들며 〈사진이라고 하는 물질이 어떤
사건을 기억하고 있는 것〉, 그것이 〈사진의 본질〉에 관련되어 있음
을 서술하고 있다. 그렇게 〈나〉가 이미 상실하고 있었던 〈기억〉은, 한
권의 책(본질)에 의해 풀어 낼 수 있게 된 것이다. 〈나〉는 이 책을 까맣
게 잊고 있었지만, 생과 〈사〉의 〈애매〉한 〈비틀어진 소용돌이〉속에
있는 K군과 〈그녀〉에게 〈나〉를 만나게 한 것은 이 책이 갖는 〈기억〉인
것이다.

　「식지 않는 홍차」는 가이엔 신인상을 수상하고 3번째 작품이며
아쿠타가와상 후보가 된 작품이지만, 〈K군 부부가 살아있는지, 죽어
있는지〉라는 〈애매함〉(오가와 요코「「식지 않는 홍차」와 애매함과 편집자」『요정
이 내려오는 밤』, 93)때문에 비판받기도 하였다.

〈나〉는 죽은 동급생에 대해 〈그는 10년 이상, 내 기억 속에만 있었다. 기억 속에서는 대체로 누구나 무기물이다. 그리고 특정한 누군가에 관한 기억을 지워버리는 것은 매우 어렵다. 기억은 내 자신의 것이기도 하지만, 자신의 의지로 다시 정돈한다든가 태운다든가 쓰레기로 버릴 수 없는 것이다. 때문에 그가 죽어도 나는 그의 기억을 지울 수 없다〉고 한다. 그러한 의미에서 K군과 〈그녀〉가 죽었는지 살아있는지는 상관없는 것이다. 두 사람은 〈나〉의 〈기억〉에 살아있는 존재라고 하는 것이 중요한 것이다.

『잃어버린 시간을 찾아서』(마르셀 푸르스트)에서 한 잔의 홍차와 차에 적셔진 마들렌의 향기에서 지나간 과거의 끝없는 〈기억〉은, 〈분명하게 내가 추구하는 진실은 음료에 있는 것이 아니라 내 안에 있다. 음료는 내 안의 진실을 불러 일으켰지만 그 진실이 무엇인지를 모르고 점점 힘을 잃어가면서 같은 증언을 멍하니 반복하는 데에 지나지 않으며 나도 또한 그 증언을 해석할 방법을 모른다〉(이노우에 큐이치로)고 하는데, 「식지 않는 홍차」에도 마찬가지로 『중학생을 위한 세계의 문학Ⅳ 독일편』을 발견한 후에 〈홍차〉가 〈식지 않는〉 것은 매몰되어 있던 〈기억〉이 〈나〉에게 있어서 확실한 〈진실〉이었기 때문이다.

그런데 「식지 않는 홍차」는 〈이미 쓴 소설은 점점 나에게서 멀어져간다〉고 하는 오가와에게 있어서

다만 『식지 않는 홍차』만은 예외입니다. 첫 줄을 쓰기 시작했을 때의 마음의 상태, 언어를 찾아내는 불안, 작업실에서 보인 풍경, 원고지를 끈으로 묶는 감촉, 그런 것을 지금도 기억하고 있습니다. 마치 그 자

체가 소설의 한 장면이기라도 한 것 같은 느낌도 듭니다.

（「문고본 후기」 『식지 않는 홍차』 후쿠타케 분코, 93）

라고 한다. 《기억》상기의 장치를 그린 작품인 「식지 않는 홍차」는 〈마침 창 맞은편에 석양이 물들어 있었습니다. 익숙한 풍경이었습니다만, 그 때는 그 풍경이 특별히 고맙게 여겨졌〉다고 하는 작가에게 있어서도 집필 당시에 잊지 못할 《기억》으로 남은 것이다. 그리고 그 《기억》은 이야기가 됨으로써 독자에게 있어도 〈식지 않는〉, 〈지워 낼 수〉없는 것이 되어 버린 것이다.

오가와 요코(小川洋子)의 문학 세계

「임신캘린더」
- 에일리언, 또는 사이보그로서의 태아 -

구라타 요코

1991년 제104회 아쿠타가와상을 수상한 오가와 요코의 「임신캘린더」(「분가쿠카이」, 90)는 본질주의적인 「모성」이라는 개념을 철저하게 무너뜨린 작품인 동시에, 모성신화해체에 정면으로부터 대응해온 1960년대 이후의 제2페미니즘과, 당시 28세였던 62년생의 신세대여성과의 거리감을 강렬히 인상지우는 전후여성문학사의 획기적인 작품이다.

이 소설은 언니의 임신에서 출산까지를 관찰한 〈나〉의 일기라는 형식을 취하고 있지만, 임신이 「축하한다」는 말에 적합하지 않은 〈산뜻한 감촉〉만 남기는 사건으로서 이야기되고 있다. 〈나〉와 언니에게 있어서 임신은 우선 무엇보다도 기초체온그래프와 산부인과의 초음파진단 장치에 의해 증명되는 과학적인 사실이다. 젤리형태의 투명한 약을 바른 복부에 〈초음파장치와 검은 튜브에 이어져 있는

49

무선통신기 같은 상자)를 작동시켜 모니터에 띄우는 태아의 영상. 그 사진을 본 〈나〉는 〈얼어붙은 저녁하늘에 내리는 비〉 속에 떠있는 〈누에콩 모양의 구멍〉같다고 생각하며 이윽고 언니의 태아를 이전 과학 잡지에서 본 염색체의 형태로 인식하게 된다. 모성보다도 과학과 친화성을 가지며, 실체보다도 〈구멍〉으로서 인식되는 태아는 마치 사이언스픽션 속의 에일리언같은 이질성과 허구성을 머금고 있다. 태아의 존재를 실감시키는 유일한 신체적 실감은 〈입덧〉에 의한 식욕의 변화이지만, 그 현상조차도 이 소설에서는 허구적이다.

> 마침내 입덧이 시작되었다.
> 입덧이 이렇게도 갑자기 찾아올지는 몰랐다. 언니는 전에,
> 「난 입덧 따위는 안할 것 같아」
> 라고 말했었다. 그녀는 그러한 전형적인 것을 싫어했다. 자기만큼은 최면술이나 마취에 걸리지 않는다고 믿고 있다.

입덧을 시작한 언니는 마카로니 그라탱을 먹는 〈나〉에게 〈그라탱의 화이트소스는 내장의 소화액 같지 않니?〉라든가, 〈마카로니의 형태가 또 기묘해. 입 속에서 그 구멍이 톡톡하고 잘릴 때, 나는 지금 소화관을 먹고 있다는 기분이 들어〉라고 짓궂은 말을 속삭인다. 〈그러한 전형〉을 싫어하는 그녀는, 자기가 체험하고 있는 고통을 〈최면술이나 마취〉가 만들어내는 환상과 같은 것처럼 부인하며 그라탱의 형상에 대한 혐오감으로 치환한다. 여기서는 임신·출산·육아라고 하는 생식에 관한 영위를 미화하며 모든 것을 「모성」이라는 미명하

에 여성에게 강요해온 모성신화 뿐 만 아니라, 생식을 둘러싼 신화와 스테레오타입과도 결별해온 페미니즘이론 자체도 뒤집어엎고 희화화하는 것이다. 기초체온그래프, 초음파진단장치, 염색체, 입덧, 이들의 단편적인 요소로부터 이루어진 태아의 이미지는 종래의 「아기」상(像)과는 이질적인 무기물과 유기체의 혼합물, 이른바 사이보그적 표상이지 않을 수 없다.

　여성과 생식을 둘러싼 문제는 지금까지도 페미니즘의 메인 테마지만, 그것을 사이보그화한 태아와의 조우라고 하는 형태의 주제를 삼은 「임신캘린더」는, 생식기술을 둘러싼 시대의 콘텍스트를 예리하게 포착한 작품이다. 이 소설에서는 지금까지 임신·출산과 항상 결부되어있는 친족·가족 간의 인습적인 굴레와 갈등은 거의 문제 삼지 않는다. 언니의 시부모는 〈정원에 낙엽이 쌓여 있어도, 냉장고에 사과주스와 크림치즈만 들어있어도, 언니에게 잔소리를 하지 않고 진심으로 손주가 생긴 것을 기뻐〉하는 〈정말로 좋은 사람들〉이며, 언니의 남편도 또한, 언니의 심리상태가 불안정해지면 「그래」나 「응」으로 의미 없는 대답을 반복하기는 하지만 〈결국에는 어떻게 할지 몰라 언니의 어깨를 끌어안는다〉는, 전형적이지만 섬세하고 상냥한 남성으로서 설정되어 있다. 굴레와 갈등 대신에 전경화(前景化) 되어 있는 것은 생식기술의 진전에 의해 그 양상을 완전히 변화시킨 임신·출산의 풍경과 이질적이며 혼합적인 불쾌함을 배가시킨 태아의 이미지이다. 클론이라는 SF적 기술이 현실적으로 이루어진 것이 1990년대 후반. 이후, 클론인간의 가능성과 그 시비가 여러 상황에서 물의를 빚고 있는 것은 익히 알고 있다. 또한 생식기술을 둘러싼

보다 가까운 화두로써 피임약 해금과 불임치료, 대리출산, 태아진
단 등에 관한 뉴스가 기억에 새롭다. 더 이상 생식은 어떠한 의미에
있어서도 「자연」이 아니며, 또한 그 문제영역은 사회적·문화적 문
맥에서만 그치는 것이 아니라 테크노사이언스와의 대화를 빼고서
는 이야기할 수 없는 주제가 되었다. 아쿠타가와상 수상 후의 인터
뷰에서 작가 자신이 〈저의 소설은 모두 현실사회의 경계선을 신용
하지 않는데서 시작하고 있습니다〉(「분가쿠카이」, 91)라고 말하고 있는
것처럼, 경계해체에 의해 특징지을 수 있는 포스트모더니즘의 표
상이라고도 말할 수 있는 오가와에게 있어서 이론에 선행하는 현
실상황을 가져온 생식이라고 하는 제재는 알맞은 모티브였다고 할
수 있다.

　단, 테크놀로지와 임신이라고 하는 페미니즘SF같은 주제를 반영
하면서도 이 소설에는 부권(父權)사회를 향한 아이러니와 반체제적
인 유토피아는 전혀 나타나지 않는다. 특징적인 것은 기존의 체제와
질서를 매우 눈에 띄지 않는 형태로 〈나〉에게 바람직한 다른 표상으
로 바꿔치기하는 오가와문학 전반에 공통으로 나타나는 레토릭이
다. 예를 들어 〈나는 대체로 부부라고 하는 것을 잘 이해할 수 없다.
그것이 무엇인지 불가사의한 기체처럼 생각된다. 윤곽도 색깔도 없
이 삼각유리병의 투명한 유리와 구분이 어려운 덧없는 기체이다〉라
는 부분이 있다. 부부가 〈불가사의한 기체〉라고 한다면, 그것에 일정
한 형태를 부여하는 〈삼각유리병〉은 혼인제도의 은유가 될 것이다.
종래의 문학적 표상에 있어서 혼인은 때로는 피투성이의 투쟁이 펼
쳐지는 전투장이며, 때로는 죄인의 발에 끼워진 족쇄이기도 하며,

때로는 호들갑스러운 장식을 가공한 브랜드이기도 했다. 그러나 〈삼각유리병〉이라고 하는 무기질이며 냉담한, 그렇지만 동시에 학교의 수업풍경을 연상시키며 향수를 불러일으키는 실험기구는 기존의 혼인의 이미지와는 매우 동떨어져있다.

이렇게 천연덕스럽게 일상세계를 이화(異化)하는 수많은 메타파는, 어린 시절 〈나〉와 언니가 몰래 들어갔던 낡은 산부인과(産院)의 기억과, 근미래적인 생식기술의 묘사 등과 맞물리면서 과거와 현재와 미래가 교차하는 환상적인 비일상의 세계로 독자를 이끌어간다.

클라이맥스=출산이 가까워짐에 따라 언니는 자신의 아기와 만나는 것에 대해 공포감을 느끼기 시작한다. 〈이 안에서 마음대로 점점 부풀어 오르고 있는 생물이 내 아이라고 하는 사실을 잘 모르겠어. 추상적이고 막연하지만 절대적이어서 도망칠 수 도 없어〉. 그리고 〈나〉는 언니의 의지를 대행하는 것처럼 〈인간의 염색체 자체를 파괴한다〉고 하는 발암성물질·곰팡이방지제 PWH로 뒤덮인 미국산 자몽으로 매일 잼을 만들어 언니에게 먹인다. 워낙 태아의 존재 그 자체가 〈추상적이고 막연〉하므로, 이러한 〈나〉에게 정말로 태아의 염색체를 파괴할 의사가 있었는지에 대한 물음은 넌센스일 것이다. 굳이 말하자면, 태아는 처음부터 파괴되어 있는 것이다. 초음파진단 장치와 염색체의 사진은 태아의 이미지를 형태지우는 유일한 수단임과 동시에, 그것 자체가 종래의 「아기」상을 잘라내고 단편화하는 분해장치이기도 하다. 발암성물질도 흡수하며 쑥쑥 성장하는 에일리언과 대면하기 위해, 〈나〉는 옛날 언니와 장난치며 놀던 산부인과의 비상계단을 오른다. 신생아실로 향하는 〈나〉의 귀에 울리는 미세한 아기의 울음소리는 새로운 국면을 개척하기 시작하는 여성문학의 태동을 알리는 「첫 울음(產聲)」이기도 하다.

「임신캘린더」
- 음식의 풍경 -

다카기 도루

　오가와 요코는 「임신캘린더」로 제104회 아쿠타가와상을 받았는데, 전후 최초 20대여성의 수상이라는 점에서 더욱 화제가 되었다. 참고로 사기사와 메구무의 「벚꽃 잎의 날」도 아쿠타가와상 후보작의 하나였다.

　「임신캘린더」는 언니가 임신한지 2개월 반이 된 것을 알게 된 12월 29일(월)에서 출산을 맞이하는 8월11일(화)까지의 약 7개월 반(요일로 따져보면 1986년 말에서 1987년 여름까지인가?)을 일기형식의 문장으로 쓴 소설이다. 이 작품을 정면에서 논한 것으로는 다카네자와 노리코의 「오가와 요코 「임신캘린더」론」과 같은 뛰어난 논고가 있으므로 여기서는 다른 각도에서 고찰해보고자 한다.

　바로 언니부부와 〈나〉가 사는 집의 식탁 풍경에 대해서이다. 이 소설을 한 번 읽는 것만으로도 작품 속 곳곳에 음식에 관한 명사(요리이름과 식품·식재, 식기, 조리도구)가 넘치고 있는 것을 알 수 있을 것이다. 이 소설은 모두 21일분의 일기풍의 서술로 성립되고 있는데, 음식이 등장하지 않는 날은 겨우 6일분, 3분의 1이하이다. 게다가 직접 음식이 등장하지 않는 날에도 비유로서의 식품·식재가 사용된다. 언니가 M병원의 초음파진단 장치에 대해 이야기하는 〈1월13일〉에는 언니의 태내 사진이 〈안개 속에 누에콩 모양의 구멍이 두둥실 떠있다〉고 묘사된다. 또한, 형부(義兄)의 부모가 복대를 가져온 〈3월 22일〉에는 〈익은 완두콩이 껍질에서 튀어나오듯이 기분 좋게 톡톡 강아지가 태어날까〉라고 〈나〉는 말한다.

소설의 묘사에서 추측하면 그들이 사는 집은 2층집으로 부엌과 식탁, 그리고 소파가 놓인 거실이 있는 이른바 **LDK**[*] 타입의 공간이 1층에 있는 것 같다. 이 소설에서는 이 장소를 주 무대로 진행한다. 즉, 키친과 식탁이 중요한 무대로서 선별되었기 때문에, 차례대로 음식이 등장하는 것도 당연 할 수 있다. 임신을 「먹는다/먹지 않는다(먹을 수 없다)」 라고 하는 이야기로 치환한 것과 같은 양상을 띠고 있다.

입덧기간에 언니는 〈크루와상과 이온음료〉만 입에 대지만, 그렇다고 해서 음식의 묘사가 없어지는 것은 아니다. 먹을 수 없는 언니는 〈스프와 고기 요리할 때의 하얀 김이 떠있는 것 같은 식탁〉을 상상하고 〈넙치 뫼니에르와 스페어리브, 브로콜리의 샐러드 그림〉을 그려

---

* 일본에서 사용되는 용어로, 주택의 기본 요소인 거실(living room) L, 식당(dining room) D, 부엌(kitchen) K를 통합하여 지칭하는 표현.

본다(〈2월 6일〉).

그런데 이 소설의 식탁 광경은 다소 치우쳐있다. 철저하게 서양식인데, 반대로 말하자면 일본식은 배제되어있다. 〈부이아베이스〉〈오믈렛〉〈마카로니 그라탱〉〈베이컨 에그〉〈크림 스튜〉와 같이 외래어 요리명이 등장하고, 쌀밥도 절임도 등장하지 않는다(〈전기밥솥〉은 〈3월 14일〉에 정원에서 식사 할 때 나오는데, 이것도 집안에서의 묘사로부터 배제되었다고 볼 수도 있다).

음료에 관해서는 〈커피〉〈맥주〉는 나오지만, 일본차는 나타나지 않는다. 게다가 〈파프리카와 타임과 세이지 같은 향신료〉는 있으면서, 일본식된장이나 간장은 없다. 식기도 동일하다. 〈스푼〉〈포크〉〈그라탱접시〉〈커피머그〉는 등장하지만, 젓가락과 밥그릇과 일본 찻잔은 나오지 않는다(부연하자면 〈나〉가 아르바이트 하는 곳도 슈퍼마켓이며 휘핑크림을 팔고 있다).

〈12월 30일〉에서는 일부러 〈소나무장식도 검정콩도 떡(모두 일본의 신년에 필요한 현관장식과 음식들-역자 주)도 우리 집에는 없었다〉고 서술한다. 서양식 일색의 식탁에 일본적인 것을 들여오는 것은 형부의 부모뿐이다. 그들은 〈1월 3일〉에 〈찬합에 담은 설날요리를 가지고 방문해〉온다. 그런데 〈그 훌륭한 설날요리〉는 〈정성이 들어간 화려한 공예품 같아서 음식처럼 보이지 않았다〉고 〈나〉는 생각한다. 더욱이 〈언니와 형부는 중화요리를 먹으러 외출했다〉(〈5월 28일〉)며 중화요리도 집 밖으로 쫓아낸다.

이렇듯 서양식 음식에 관한 명사가 범람하는 이 소설에 전환이 나타나는 것은 〈5월 28일〉이다. 〈나〉는 아르바이트가게에서 받은 〈미국

산 자몽)으로 잼을 만드는데, 언니가 맘에 들어 한다. 염색체를 파괴하는 〈곰팡이방지제 PWH〉가 사용되고 있을지도 모르는 〈미국산 자몽〉. 이 소설의 핵심이 되는 식품이 등장하고 나서는 음식의 묘사가 일변한다. 자몽잼만이 묘사되는 것이다.

〈5월 28일〉이후로는 〈6월 15일〉부터 〈8월 11일〉까지 5일분의 기술이 있다. 그 중에 내용이 짧은 〈7월 22일〉말고는 모든 날에 자몽잼이 등장한다. 게다가 〈빵이나 다른 데에 잼을 발라먹는 것이 아니라, 잼 그 자체를 먹는다〉, (언니가 잼을 먹는 모습이) 〈카레라이스를 먹고 있는 것 같이 씩씩하다〉라고 묘사는 하고 있지만, 실제로 음식으로서 등장하는 것은 자몽잼 뿐이다.

그 자몽에 약품이 사용되고 있다고 한다면, 위험한 것은 과육보다도 껍질이다. 잼을 만들 때 과육·과즙 뿐 만이 아니라 마멀레이드처럼 껍질까지 넣는 것이 자주 묘사된다.

〈껍질이 하얀 곳만을 잘라내고 나머지는 얇게 썰어 냄비에 넣었다〉
〈껍질도 과육도 잘 섞여 곳곳에 젤리 형태의 덩어리가 생길 즈음〉(〈5월 28일〉)

〈나는 그 껍질을 썰고 알맹이를 잘 풀어, 설탕을 뿌려 약한 불에 끓인다〉(〈6월 15일〉)

〈나〉의 악의를 강조하기 위해 〈「이거, 미국산 자몽인가요?」라고 확인〉(〈6월 15일〉) 하는 것만으로는 충분하지 않아서 잼에 껍질까지 넣고 있다는 것을 꼼꼼히 묘사할 필요가 있다는 것처럼 보인다.

음식에 관한 명사의 범람은 〈미국산 자몽〉의 등장에 의해 한꺼번에 그쪽으로 수렴되어 결말을 향해 속도를 더한다. 마지막 〈8월 11일〉에 『진통이 시작되어 병원에 갑니다』라는 형부의 메모를 보고 병원으로 향하려는 〈나〉의 눈에 보이는 것도 〈잼이 묻은 스푼〉인 것이다. 〈5월 28일〉까지 반복해서 그려진 철저한 서양식 음식 풍경은 자몽잼을 도출하기 위한 방대한 복선이라고 볼 수 있을 것이다.

언니부부와 〈나〉의 식탁은 현대적인 도시생활을 하는 젊은 부부의 그것을 극단적으로 과장한 것이다. 부엌에는 〈전자조리기〉와 〈식기세척기〉도 있어서, 어떤 의미에서 「앞서가는」 식탁의 풍경이라고 말할 수도 있다. 거기에는 일본적인 것, 전통적인 것, 낡은 것은 모두 배제되어 있다. 그것과 기묘한 대비를 이루고 있는 것이 산부인과인 M병원이다.

〈오래된 3층 목조건물〉이라고 하는 어린 시절의 기억에 남아있는 M병원은 지금까지도 모습이 조금도 바뀌지 않았는데, 언니의 말을 빌리자면 〈M병원의 간판이 보이면 거기만 시간의 흐름이 침전된 것 같이 은밀하〉고 〈모든 것이 낡아서 구닥다리이지만, 제대로 손질이 되어 있어 청결〉하다. 현대적인 식생활을 즐기는 언니가 출산을 앞두고 일부러 오래된 M병원을 선택한 것은 무언가 우의가 담겨 있는 것일까.

마지막으로, 임신과 근대문학을 둘러싼 평론으로써 사이토 미나코의 명저 『임신소설』이 있다. 사이토는 남성작가의 작품을 중심으로 「원하지 않는 임신」을 그린 소설을 유형화하여 논하고 있다. 그런데 언니의 임신은 「원하던 임신」이기 때문에, 그 유형에는 들지 않는다. 그러한 점에 있어서도 「임신캘린더」는 소설로서의 참신함이 있다고 할 수 있다.

「기숙사」
- 패치워크를 중심으로 -

고야나기 시오리

　「기숙사」(「가이엔」, 90)는 오가와 요코가 「임신캘린더」로 아쿠타가와 상을 수상 한 이후 발표한 첫 번째 작품이다. 이 작품에는 《소리》와 《신체의 결손》, 《남편의 부재》, 《실(絲)》 등, 오가와 요코 작품에 나타나는 특징이 집약되어 있다. 본 논에서는 《실》에 주목해서 읽어보고자 한다.

　서술자인 〈나〉는 현재, 남편이 스웨덴에 홀로 주재원으로 가있기 때문에 〈생활에 관한 모든 종류의 살림은 유예되어〉 있으며, 〈저쪽에서의 생활기반이 마련되어 남편이 부를 때까지 나는 일본에서 기다리기로 한다〉. 〈갑자기 찾아온 진공의 공간〉을 〈나〉는 기분 좋게 지내게 되는데 〈혼자서 생활한다는 것은 무언가를 상실할 때의 기분과 닮아있는 것인지도 모른다〉는 결락을 느끼게 된다. 날짜의 구별이 잘 안 되는 마비된 상태로 〈나〉는 〈패치워크〉를 하며 시간을 보내고 있지만, 그러한 생활은 폭풍우가 몰아친 다음날 〈나〉의 〈사촌〉의 방문에 의해 변화해 간다.

〈사촌〉이 대학진학을 위해 상경해서 방문했는데, 〈나〉가 이전 학생 시절을 보낸 〈학생기숙사〉를 소개해 달라고 한다. 그 〈학생기숙사〉에는 양손과 한쪽 다리가 없는 〈선생님〉이라고 불리는 경영자가 관리도 겸해서 살고 있는데, 〈나〉는 〈사촌〉을 통해 다시 〈학생기숙사〉와 연관을 가지게 된다.

〈나〉가 입실의 수속절차를 위해 〈선생님〉에게 연락을 하자 〈선생님〉은 〈이 기숙사는 이전과 다른 특수한 변화(變性)가 일어나고 있다〉고 알려준다. 한 〈기숙사생〉이 어느 날 갑자기 행방불명이 되고나서 이상한 소문이 퍼져 입실희망자가 줄고, 〈기숙사의 행사는 모두 폐지〉되었다. 그러나 〈선생님〉은 그 소문과 같은 구체적인 변화가 별다른 의미를 갖지 않으며, 〈특수한 변화〉와는 관계가 없다고 말한다. 그렇다면, 본질적인 의미에서 〈특수한 변화〉란 무엇일까.

역시, 양손과 한쪽 다리가 없는 〈선생님〉에게 주목해야할 것이다. 신체에 결손을 가진 인물은 오가와 요코의 작품에 자주 등장한다. 《신체의 결손》은 있어야할 곳에 있어야할 것이 없다, 다른 말로 하자면, 보이지 않는 것을 보여준다는 것이다.

오가와 요코는 〈레이스 모양을 결정짓는 것은 재료의 실이 아니라, 실이 지나가지 않은 구멍(空洞) 부분이다. 즉, 나는 보이지 않는 것을 보고 있었던 것이다〉라고 서술하며, 〈소설을 써가는 데에 있어서 어느 하나의 말을 선택한다고 하는 것은, 다른 무수한 말을 버린다는 것이다 …… 선택된 단어들은 윤곽을 만들어내고 버려진 단어들은 구멍을 생성해 간다. 이 두 개의 작용은 레이스 모양의 겉과 안처럼, 우열 없이 동등하게 결부되어 있는 것 같다. 구멍이라고 해서 형태가 있는 것에 뒤떨어지는 것이 아니다)(「윤곽과 구멍」,『요정이 내려오는 밤』)라며, 〈말(언어)〉은 레이스의《실》에 의해 둘러싸인 구멍에게도 의미를 갖게 하는 것이라고도 한다.

〈선생님〉에게 없는 왼쪽 손은 행방불명이 된 〈기숙사생〉이 〈선생님〉과 함께 화단에 튤립의 알뿌리를 심음으로써, 오른손과 왼쪽 다리는 핸드볼을 하는 〈사촌〉의 날렵한 신체로써 보완되고 있다. 그러한 이야기를 〈선생님〉 자신의 입으로 말하게 함으로 해서 보이지 않는 〈선생님〉의 양손과 한쪽 다리는 보다 현실감을 띠며, 대조적으로 현실에 있어야 할 〈사촌〉들의 신체적 존재는 희박해져 간다. 실제로 〈기숙사생〉은 〈공기에 빨려 들어가는 것처럼 소리도 없이 사라져 버려〉 행방불명이 되었다. 입실하고 나서 〈나〉가 매일처럼 〈학생기숙사〉를 방문해도 〈사촌〉을 한 번도 만날 수 없다. 즉, 보일 리 없는 〈선생님〉의 신체의 구멍을 〈사촌〉과 〈기숙사생〉이 레이스의《실》처럼 선으로 둘러싸게 되는 것이다.

〈나〉가 〈선생님〉에게 갖는 감정을 오가와는 〈선생님은 신체의 일부를 상실함으로 인해 슬픔을 짊어집니다. 게다가 생명까지도 위협받고 있습니다. 즉, 선생님의 어려움은 모두 신체에 원인이 있습니다. 그녀는 신체의 결함에 의해 고통 받고 있는 선생님의 「생(生)」을 애처롭게 여기고 있습니다. 신체에 대한 혐오와 「생」에 대한 애착이 매우 미묘한 지점에서 떼려야 뗄 수 가 없게 된 것이지요)(「『지복의 공간(至福の空間)』을 찾아서」)「분가쿠카이」91)라고 서술하고 있다. 〈나〉가

갖는 〈신체에 대한 혐오〉란 〈「생」에 대한 애착〉보다는 〈사촌〉들에 의
해 보완되고 있는 〈선생님〉의 몸을 향한 동경이지 않았을까. 〈나〉도
또한 남편의 부재라고 하는 결손을 갖고 있는 것이다. 그리고 그 구
멍을 에워싸 보완해 줄 〈선생님〉이 갖고 있는 것과 같은 《실》은 없다.

어느 날 〈나〉에게 스웨덴에 있는 남편으로부터 편지가 온다. 편지
에는 스웨덴에서의 생활이 사실적(寫實的)으로 그려져 있으며 〈나〉가
이주하기 전까지 해둬야 할 사항이 5개 적혀있다. 그러나 열거되어
있는 그 내용이 〈나〉에게는 〈난해한 철학용어〉처럼 생각되어 선뜻 착
수하지 못하고 매일 〈패치워크〉만 펼쳐 놓고 있다. 2통째의 편지에
대해서도 같은 반응이다. 처리해 두어야할 항목이 10개로 늘었음에
도 불구하고 〈나는 편지를 멀리 두고 대신 패치워크를 꺼냈다. 지금
나에게 침대 커버나 벽장식은 필요 없지만, 그 이외에 해야 할 일을
찾을 수 없었던 것〉은 남편의 편지에 쓰여 있는 이주하기 위한 10개
의 항목을 클리어하면, 피상적으로, 편안하게 지내고 있는 지금의
생활이 변화되어버리기 때문이다.

〈나〉는 자신이 남편의 부재에 대해 불안을 느끼고 있는 것을 자각
하지 못하고, 알 수 없는 그 불안에서 탈피하기 위해 한없이 〈패치워
크〉만 펼쳐놓고 있다. 〈선생님〉이 갖고 있는 《실》과 같이 결손을 보완
해주는 것은 〈나〉에게 〈패치워크〉밖에 없다. 그러나 레이스 모양으로
에워싸인 〈선생님〉은 매우 우아하게 차를 내올 수 있는 데에 반해,
〈나〉의 〈패치워크〉는 볼품없이 부피만 커져 갈 뿐이다.

그러나 〈나〉가 완벽하게 느낀 〈선생님〉의 우아하고 아름다운 몸도,
그 안에서는 늑골이 심장을 뚫으려 하고 있다. 〈학생기숙사〉가 이루

어 가고 있는 〈특수한 변화〉란 〈선생님〉의 점차적인 죽음이라 볼 수 있다. 〈선생님〉의 죽음은 바로 〈학생기숙사〉가 사라지는 것을 의미한다.

〈선생님〉의 죽음과 연동하듯이 〈선생님〉의 방 천장얼룩도 넓게 번져간다. 〈선생님〉의 주변에는 항상 벌이 날아 다녔는데, 〈나〉는(그리고 독자도) 그 얼룩을 행방불명이 된 〈기숙사생〉, 혹은 〈나〉가 아무리 찾아가도 만날 수 없던 〈사촌〉의 시체에서 나오는 혈액이 아닐까하고 의심하며 정체를 확인하기 위해 〈나〉는 2층과 연결된 계단을 오른다.

천정에 있던 얼룩의 정체는 부풀어 올라 금이 깨진 벌집에서 떨어져 내리는 벌꿀이었다.

착목 할 점은 〈패치워크〉도 구멍을 에두르는 레이스도 벌집도, 계속 증식하여 언젠가는 그 형태를 제어할 수 없어져 버리는 가능성을 갖고 있다는 점이다. 즉 〈나〉가 남편의 부재라고 하는 현실을 받아들이고 〈패치워크〉로 자신의 구멍을 메우려는 행위를 멈추지 않으면, 현재 생활이 파탄에 이를 가능성을 갖고 있는 것이다. 그렇지만 〈나〉가 그것을 알게 되었는지는 쓰고 있지 않다. 〈나〉가 벌집에 손을 뻗으며 이야기는 막을 내린다. 「학생 기숙사」는 〈나〉의 일상에 숨어있는 불안이 증식하는 모습을 그려낸 이야기로 볼 수 있다.

오가와 요코(小川洋子)의 문학 세계

「저녁녘의 급식실과 비 내리는 수영장」
- 네거티브 픽쳐(陰画)와의 대화, 그리고 이별 -

쓰쿠이 슈이치

〈나〉는 〈피앙세〉와 새로운 생활을 시작하기 전 3주간을 신혼집에서 〈혼자 지내게〉 되었다. 이사 다음날, 어떤 종교를 권유하러 아이와 함께 온 사람이 〈「어려운 일을 겪고 있지 않나요?」〉라고 물어본다. 권유를 거절하긴 했지만, 그 〈남자〉가 가지고 있는 〈특수한 공기〉는 〈나〉의 기억에 남는데, 그 뒤로 두 사람과 2번이나 〈급식실〉이 보이는 〈초등학교 후문〉에서 마주치게 된다. 첫 번째 만남에서 〈남자〉는 〈오전시간의 급식실〉에서 대량의 새우튀김이 벨트 콘베이어 위에서 순서대로 만들어지는 모습을 마치 〈급식평론가〉처럼 생생하게 설명해준다. 두 번째에는 〈저녁녘의 급식실을 보면, 저는 항상 비오는 날의 수영장을 떠올린다〉고 말하며, 지난번과는 전혀 다르게 어린 시절의 〈공포〉와 〈치욕〉으로 가득 찬 〈비 오는 날의 수영장〉에서의 체험과 급식이 만들어지는 시간의 〈냄새〉와 〈불가사의한 풍경〉에 대한 〈참을 수 없는 감정〉을 고백한다. 그리고 처음 학교를 무단결석한 날, 〈조부〉에게 폐허가 된 초콜릿공장에 끌려가게 되는데 거기서 절망적인 상황에서 빠져나오게 된 에피소드를 이야기하고 그 뒤로 수영을 할 수 있게 된 자신과 〈조부〉의 죽음에 대해 밝히고는 아들과 함께 가버린다.

작품의 중심내용이 〈남자〉가 말하는 에피소드에 의한 것임은 말할 것도 없지만, 그렇다고 해서 〈나〉를 단순한 리스너(listener)로서 읽어내는 것은 충분하지 않을 것이다. 점차적으로 핵심을 향해가는 〈남자〉의 이야기에 호응하는 형태로 〈피앙세〉와의 새로운 생활을 헤쳐나가려는 〈나〉의 지향점도 또한 명확해져 가기 때문이다.

〈나〉가 이사하는 것은 〈안개에 싸인 초겨울의 아침〉이다. 서두에서 서술되는 이 〈안개〉에 싸인 시공간은 일상생활 속의 틈에서 우연히 벌어진 에어포켓과 같은 〈나〉의 3주간의 생활의 질을 단적으로 상징하고 있다. 〈작은 트럭이 덜덜 떨리면서 안개 속으로 사라져 갈〉때, 독자는 〈나〉가 외부에서 차단된 다른 세계에 남겨진 것 같은 인상을 받는다. 〈피앙세〉의 존재감은 매우 희박하고 때때로 보내는 전보의 글씨도 다른 세계로부터의 교신처럼 거리감을 느끼게 한다. 그렇지만 〈나〉가 놓여 있는 상태는 완전한 폐쇄상황은 아니다. 그것은 다소 미온적이며 〈안개〉가 걷히듯이 〈나〉의 〈고독〉한 상태도 기한이 정해져있다. 〈나〉는 우연함이 가져온 〈혼자서 보내는 최후의 3주간을 충분히 소중하게 만끽하자〉고 생각하지만, 이 생각은 과거의 오랜 〈고독〉한 시간을 참아 그 공덕과 죄를 속속들이 아는 자가 갖는, 지금까지의 자신에 대한 아쉬움과 새로운 생활에 대한 기대감을 같이 내포하고 있다. 〈유백색의 물방울〉로 보여지기 까지 〈안개〉를 응시하는 〈나〉의 모습은 이러한 〈나〉의 정신세계와 맞물려 있다.

다음날, 〈「어려운 일을 겪고 있지 않나요?」〉라고 물어보는 종교를 권유하러 아이와 같이 온 남자에 대한 대응에도 당연히 이러한 〈고독〉한 상황에 정면에서 마주하려고하는 〈나〉의 진지한 자세는 명료하게 반영되어 있다. 〈「우선, 어려움에 대한 정의를 나는 잘 몰라요. 겨울비도 비에 젖은 장화도 현관에 누어있는 개도 어려움이라고 하면 어려움이거든요 ……」〉

여기서 서술되고 있는 것은, 〈어려움〉이란 상담으로는 해소되기 어려운, 살아있기 때문에 불가역적으로 생기는 필연이라고 하는 철저한 인식은 아닐까. 〈피앙세〉와의 새로운 생활 자체가 이미 여러 마이너스 요소를 가진 〈어려움〉인 것이다. 단지 〈나〉는 새로운 〈어려움〉을 스스로의 의지로 선택하고 자기 자신을 걸어보기로 한 것이다. 그렇기 때문에 다소 〈낡고〉 〈시대에 뒤처〉졌다고 생각되는 신혼집을 열심히 정돈하는 것이다. 〈페인트는 생각보다도 훨씬 벽에 잘 스며들었다. 욕실은 점점 선명하게 빛나기 시작했다.〉

〈나〉가 행하는 자질구레하고 현실적인 행위의 축적과 그러한 행위에 대한 〈나〉 자신의 매우 주관적인 인상만이 이야기되고 있다. 그러나 이러한 자질구레한 행위의 집적과 행위에 위탁된 생에 대한 기대(=상상력)에 의해 처음으로 〈어려움〉 많은 생은 그 색채를 확실하게 바꿔간다. 이러한 풍성한 의식 속에 종교상의 권유가 들어올 여지는 없다. 그런데도 〈나〉가 여전히 종교를 권유하러온 부자에게 눈이 가는 것은 그들의 〈꾸미지 않은 모습〉 〈슬픈 눈〉을 통해 느껴지는 〈특수한 공기〉와 지금 〈소중하게 만끽하자〉고 생각하는 〈혼자 만〉의 생활 사이에 통하는 무언가를 감지했기 때문이다. 〈나〉와 〈남자〉와의 공통점은, 그리고 감지된 그들의 〈특수한 공기〉의 내실은 〈나〉와 두 사람과의 마지막 만남의 장면인 〈저녁녘의 급식실〉 앞에서 확실해 진다. 〈비 내리는 수영장〉의 에피소드에서 이야기하는 물에 대한 〈공포〉와 헤엄칠 수 없는 자로서의 〈모욕〉감은, 전체에서 탈락을 자각한 자의 극심한 고독감을 리얼하게 전달하고 있다. 또한, 그가 〈오전시간의 급식실〉에서 맡은 〈농후하고 괴로운 냄새〉와 밟아 뭉개진 감자에 남은 〈장화 바닥의 모양〉이 주는 압도적인 〈불쾌함〉에서, 아무렇지도 않은 일상생활의 배후에서 전개되고 있는 그로테스크한 모습이 여과 없이 전달되고 있다. 그러나 〈남자〉의 회상의 중심은 역시 그 이후의 그의 〈조부〉와의 대화에 있을 것이다. 학교를 무단결석한 날 초등학생 시절의 〈남자〉가 끌려간 〈무섭고 낡은 철근의 폐허〉는 예전엔 〈수단 좋은 양복 재봉장인〉이었지만 지금은 술만 마시고 문제만 일으키는 〈골칫거리〉인 〈조부〉에게 있어서 홀로 사색에 잠기기에 딱 좋은 장소라고 할 수 있다. 〈조부〉는 그곳에서 이전 상당한 양의 초콜릿이 제조되었다고 알려주며 기계 롤러의 〈냄새〉를 맡게 한다. 그는 〈무언가 거대한 것에 안긴 것 같은 좋은 기분〉을 안고 〈처음에는 단순히 철의 냄새가 나는〉 낡은 롤러에서 〈달콤하고 부드러운 냄새가 꿈처럼 피어오르는〉 것을 느낀다. 절망하고 있던 소년이 〈조부〉의 힌트로 인해 스스로를 세상과 조금이나마 연결지을 수 있었다는 것을 알 수 있다. 그러나 이 에피소드가 소년에게 가져온 진정한 의미는 그 후의 〈남자〉가 스스로의 생을 어떻게 살아왔느냐에 달려있다.

〈나〉가 〈「그 다음 이야기는 더 없어요?」〉라고 묻게 하는 요소가 되지만, 〈남자〉의 말은 여전히 그의 위치를 명확하게는 나타내지 않는다. 그는 〈헤엄칠 수 있게〉되고, 〈조부〉는 〈악성종양〉으로 죽는다. 그의 〈공포〉와 〈치욕〉감은 어쨌든 사라졌지만, 아마도 세상에서 유일하게 그를 수용해준 타자를 잃게 된 것일 것이다. 상황은 바뀌지 않았을지도 모른다. 도취감과는 관계없는 채로 종교를 권유하려 동네를 전전하는 〈남자〉는 다른 사람의 〈어려움〉을 상담한다고 하기 보다는 오히려 자신의 〈어려움〉에 계속 사로잡혀 있기 때문이다.

폐허의 초콜릿 제조기에서 풍성한 향기를 맡은 소년은, 페인트를 바른 벽에 아름다움을 느끼는 〈나〉와 매우 닮아 있다. 세계와의 연결을 희구함에 있어서, 또한 세계와의 연결이 스스로를 완전히 수용해주는 타자의 존재가 꼭 필요하다고 여기는 점에 있어서 두 사람은 형제처럼 꼭 닮아있다. 〈무언가 말을 걸고 싶다〉라고 하는 〈답답할 정도〉의 바람은 〈남자〉의 고백에 대한 〈나〉의 강한 공감을 나타내고 있다. 굳이 말하자면 〈남자〉와 그 아들은 〈나〉와 〈주주〉의 《네거티브 픽처(陰畫)》인 것이다. 〈남자〉는 〈피앙세〉가 없는 〈나〉인 것이다. 〈나〉의 〈남자〉에 대한 대응은 섬세한 배려에 넘쳐있으며 애완견 〈주주〉와 장난치는 귀여운 아들에게 쏟아지는 시선은 한없이 상냥하다. 마치 그것들은 〈혼자 만〉의 생활에서 간과해온 과거의 자기 자신에게 향해져 있는 것 같다. 떠나가는 부자의 모습에서 본인의 《네거티브 픽처》의 행방을 발견하고서는 결연하게 〈나〉는 〈그들과는 반대의 방향으로 달려가기 시작〉한다. 〈혼자 만〉의 생활은 거의 끝나가고 있는 것이다.

초출은 「분가쿠카이」, 1991년 3월호. 이후, 같은 해 3월 『임신캘린더』에 수록. 2004년 8월, 영어로 번역되어 미국 주간문예지 「뉴요커」에 실려 화제가 되었다.

『슈거 타임』

- 대상상실의 이야기 -

후카사와 하루미

〈『성숙』한다는 것은 무언가를 획득한다는 것이 아니라 상실을 확인하는 것이다〉. 오코노기 게이고는 에토 준의 『성숙과 상실』을 인용하며 에토가 설파하는 「상실의 확인」은 프로이트가 말하는 「상실의 작업」과 「단념」의 의미와 가깝다고 생각한다고 기록*한다. 오코노기에 의하면 애정과 의존의 대상을 상실하는 것을 예상했을 때부터 내적인 object loss(대상상실)는 시작되지만, 이러한 현실과의 직면으로부터 도피하려고 하는 성급한 방위기제가 작용하는 경우도 많다. 사춘기 여성 중에는 대상을 상실하면서도 그것을 알아차리지 못하고 슬픔과 고통도 느끼지 못한 채, 단순히 자신이 상실되었다고

필자 주1) 『모라토리엄인간의 심리구조』(추오코론샤, 79). 그 외에 『대상상실 슬퍼한다는 것』(추코신쇼, 79), 『모라토리엄사회의 나르시스들』(추오코론샤, 79), 『성숙과 상실』은 가와데 쇼보(67).

하는 감각만 있어 허무함을 채우는 가장 원시적인 행위인 거식에 빠지는 사람도 있다. 비애반응(mourning work)의 제 1과제는 이러한 모라토리엄의 상태에서 벗어나 절망의 심리를 거쳐 사랑하는 대상으로부터 진정한 의미에서 이별하고 새로운 세계를 발견한다고 하는 심경에 다다르는 일이라고 한다.

〈결손과 과잉〉의 문제를 다루며 오가와도 또한 〈소중한 것을 이미 잃은 것 같은 기분도 들기도 하고, 쓸데없는 일만 짊어지고 있는 기분도 든다〉(『요정이 내려오는 밤』)라고 기록하고 있는데 작가의 첫 장편 소설인 『슈거 타임』에서도 〈이미 상실한 것 같은〉 혹은 상실해가는 무언가와 과잉의 식욕이 그려져 있다. 거기에는 집필시기도 겹치는 「임신캘린더」와 동일하게 식욕이라고 하는 주제를 둘러싼 〈임신캘린더〉가 아닌 〈기묘한 일기〉를 쓰는 대학 4학년생의 〈나〉(가오루; かおる)의 〈슈거 타임〉이 그려져 있다. 작품의 시간은 〈3주간 정도 전부터〉 일기를 쓰기 시작했다고 하는 4월 22일(일기의 시작은 4월 1일로 설정한 것 같다)부터, 마지막 대학야구 리그전의 당일 잘게 잘라진 일기가 종이 눈보라가 되기까지의 약 반년간이지만, 어머니는 일찍 병으로 죽고, 아버지의 존재는 옅으며, 이복남동생 고헤이(航平)는 성장이 멈춘 병에 걸리고, 새엄마는 동생의 병에만 사로잡혀있으며, 소식가(小食家)이며 조용한 남자친구 요시다(吉田)는 성적불능이라고 하는 〈가루설탕이 아련하게 내리는 것 같은 희박한 세계〉**는, 처음부터 상실의

필자 주2) 무라타 키요코 「설탕안개 사이로 보이는 것」(「신초」 91). 또한 「sugar time」은 가수 사노 모토하루(佐野元春) 7번째 싱글. 『안젤리나』 외, 처녀작 「호랑나비가 으스러질 때」의 부제목도 모토하루의 「비참한 주말」 이었다.

기운이 자욱이 끼어 있었다. 〈음식의 잔해를 긁어모아 보아도 무언가 개운치 않은 만족할 수 없는 무언가가 내 안을 떠돌〉며, 다 먹은 후에도 〈무언가 뒤틀린 것 같은 꾸물꾸물한 것이 남아있〉다고 하는 가오루의 이상한 식욕의 발단은, 고등학교를 졸업한 고헤이가 3월 말에 교회(기독교나 카톨릭 교회가 아닌 일본의 한 종교의 교회로 보인다-역자 주)로 이사 온 때부터이다. 그 날 아침 〈모호한 태양〉의 햇살 속에서 가오루는 〈아아, 마지막 봄이 시작된다〉고 확실히 자각하며 〈너무나 사랑스러워서 울어버릴 것 같은 그런 소중한 봄〉을 예감한다. 〈추한 어른〉이 되는 것을 거부하고, 혼자서 〈무구한 장소〉로 향하려는 수행을 시작하는 고헤이와 가오루의 교회기숙사는 〈본채의 교회까지는 겨우 열 몇 걸음〉 사이임에도 불구하고 무한의 거리가 생겨나고 있는 것 같아서 가오루는 〈특별히 신경이 쓰이는 아픔이나 혹독함이 있는 것은 아니지〉만, 〈무언가 갑자기 어렴풋한 쓸쓸함의 한 조각이 조용히 내려온 것 같은〉 기분이 든다.

한편, 식욕이 이상해지기 시작한 초기, 〈봄방학 동안은 바〉빴던 대학원생인 요시다와 약속하고 만났을 때에는 〈너무 오랜만이어서〉 어색했으며, 그의 방에 〈그동안 안 온 사이에〉 도자기로 만든 우산꽂이 등 〈처음 보는 물건이 몇 개인가 늘어 있〉던 것도 눈에 띄었다. 두 사람의 만남이 그려지는 것은 딱 한 번으로, 6월 1일 요시다의 교통사고 이후 기말시험 기간에 캠퍼스에서 우연히 만났을 뿐이며 〈가을이 깊어졌〉을 즈음에 그에게서 장문의 편지가 배달될 때까지 완전한 침묵이 계속되었다. 이전 가오루는 〈너무나도 틈새 없이 포개져서, 요시다씨가 나의 안쪽에 녹아들어올 것 같다〉고 느꼈었지만, 편지에 의하면, 요시다는 처음으로 〈서로 포함되어 있다〉고 생각할 수 있는 여성을 만났다고 하며 〈그녀와 나를 치유하기 위해〉 치료는 계속 이어질 것이라고 한다. 그렇지만 〈무너져 내릴 것 같은 벽돌다리를 가까스로 혼자서 떨면서 건너는 것처럼 생을 이어가는〉 여성에 대한 요시다의 〈나 자신의 의식조차 닿지 않는 깊숙한 영혼의 한곳에 그녀의 눈동자가 비추고 있〉으며 〈그녀에 대해서 아무것도 느끼지 못하고 있을 수는 없〉고 〈슬픔에 가까운 것〉을 느낀다고 하는 감각은, 실은 가오루가 고헤이에게 느끼고 있는 것과 동일한 것이다.

고헤이를 처음 만난 11살 때 〈이 아이에게서 무언가가 느껴지지 않는다는 것은 절대로 있을 수 없다고 직감〉한 가오루는, 지금도 〈슬픈 감정을 느낄 때는 언제나〉 〈그 감정의 가장 깊은 곳에는 작고 작은 고헤이가 있는 것 같은 기분〉이 든다. 〈그는 반드시 나에게 무언가의 "느낌"을 가져다 주〉지만, 그것이 〈쓸쓸함이나 슬픔에 닮아있다 하더라도〉 결코 고통스럽지 않은 것이다. 〈혼자가 된〉 쓸쓸함을 〈스스로 공동(空洞)이 되어 버린 것 같다〉고 표현하며, 그 〈깊고 끝이 없〉는 〈공동〉을 메우려 과식에 빠진 가오루이지만 (아르바이트를 하는 호텔의 올드미스인 주임과 키가 매우 작은 손님에게 〈태어날 때부터 지닌 슬픔〉과 애절함을 느낀 것은, 거기에 자신과 고헤이의 어떤 의미에서의 네거티브 픽처(陰畫)를 본 것은 아닐까), 〈여름 방학도 반 이상 지났을 때〉에는 〈중요한 사실을 알았다〉며 〈요시다씨를 좋아하는 것은 그가 나를 필요로 하기 때문이고, 그외에는 이유가 없다〉고 친한 친구 마유코(眞由子)에게 이미 말한 적이 있다. 그리고 요시다씨가 그 여성과 함께 러시아로 출발하려는 시기에 〈탁한 늪에서 빠져나오〉기 위해 〈작은 동물의 사해처럼 애처로〉운

음식의 사해를 〈화장(火葬)〉하고 〈어떠한 것에게서도 상처받지 않〉을 〈미소와 만족으로 채색된 평화로운 식사〉를 하기 위해 초대한 사람이 〈극히 평범한 남매〉로서의 고헤이였다. 고헤의 〈신성한 기도〉는 〈평안한 마음〉을 갖게 해 주었으며 〈오랜만에 포만감을 느낀〉 가오루는 그 〈평온한 감각〉 이후에 자신이 슬픔을 〈아직 제대로 느끼지 않았던〉 것, 고헤이의 손을 감싸며 느낀 〈서로가 포함된 것 같〉은 〈무구한 따스함〉이야말로 진정으로 찾고 있었던 것임을 알게 된다. 마지막 일기를 기록하며 처음 일기에서부터 더듬어 오며 〈나의 의식은 이상할 정도로 선명하게 비쳐 보이고 있〉으며, 단지 〈손에 남은 감촉〉이 생생하며, 다음날, 〈상쾌한〉공기의 차가움을 느끼며 익숙한 풍경 속에서 〈시간이 지나가는 발자국이 확실히 남아있는〉 것을 보며 〈눈치 채지 못한 척〉한 〈마지막〉을 인정한다. 그리고 마유코에 의해 〈설탕과자처럼 연약하기 때문에 오히려 사랑스럽고, 그렇지만 독점하면 가슴이 답답해지는〉 〈우리들의 슈거 타임〉의 끝이 고해지는 것이다.

「후기」에는 〈어떤 일이 있어도 이것만큼은 남겨두고 싶은 무언가〉의 정체가 〈어떠한 형태로 표출되어 나타날지 불안〉했지만, 이 소설은 〈이제부터 글을 써 가는 데에 소중한 이정표가 될 것이다〉라고 한다. 이 〈무언가〉는 작품 속에서는 〈인간의 가장 깊은 슬픔의 형태〉라고 생경한 형태로 표현되며, 『요정이 내려오는 밤』에서도 〈태어난 것, 살아가는 것 그 자체에 스며들어 있는 슬픔〉이라고 나타내고 있지만, 그것은 상실을 향해 살아갈 수밖에 없는 슬픔이지 않을까. 의붓동생에게 병(하수체성소인증은 성선자극호르몬의 분비도 이루어지지 않는 경우가 많아서, 성기는 유아의 형태이며 목소리도 변하지 않고, 음모 등도 자라지 않는 것이 보통이다)을 짊어지게 함으로써, 〈계속 시작점에 있으므로〉 〈끝이 없는 것 같은〉 남매의 〈완벽한 평안〉(「완벽한 병실」)에 멈춰 있으려고 하는 것도 상실에 대한 두려움 때문이었다고 한다면, 아직 상(喪)은 마칠 수 없었다고 말할 수 있지 않을까.

『여백의 사랑』
- 고요함의 속에서부터의 회복 -

하토리 데쓰야

　남편에게 다른 여자가 생기자 〈나〉를 두고 집을 나간 다음날부터 〈나〉에게는 이상한 이명이 생겨 F이비인후과병원에 입원했다. 일단 진정이 되어 퇴원한 이틀 후, 잡지 「건강의 문(扉)」의 요청으로 〈나는 이렇게 돌발성난청을 극복했다〉라는 주제의 좌담회에 출석했다. 〈나〉는 그 자리에서 속기사 Y의 존재, 특히 그의 손가락에 매료되었다. 모양이 섬세한 것은 물론, 사람들의 이야기와 완전히 일치되어 민첩하지만 나서거나 강요하는 느낌이 없는 손가락 움직임에 〈나〉는 〈평안〉함을 느낀다. 그런데 그 좌담회에 출석해서인지 귀의 질환이 다시 악화되었다. 재입원한 〈나〉가 있는 곳에 4개월 만에 남편이 모습을 나타내서는 이혼서류를 들이밀고 갔다. 〈귀 안에서 백대나 되는 망가진 피아노가 한꺼번에 울리기 시작했〉다. 다행히도 시누이의 아들로 13살의 소년 히로(ヒロ)가 옆에서 위로하며 잡다한 일을 도와

주었다. 그러나 히로만으로는 채워지지 않는 마음에 Y를 불러낸다. 특히 그 손가락을 보고 싶어서이다. 「여백의 사랑」은 여기부터 시작하여, 여러 일을 겪고 〈나〉가 심한 상처에서 극복하고 회복하기까지의 이야기이다. 그 여러 일이라고 하는 것이 이 작품의 중요한 부분인데, 이 부분은 나중에 Y가 말하는 것처럼 〈기억이 당신을 앞질러버렸다. 어쩌면 반대로 당신이 뒷걸음질해 버린〉(17장) 현상이다. 즉 이 작품은 과거 기억 속으로의 퇴행현상, 혹은 기억과 현재의 바람이 하나가 되어 만들어낸 환상세계이며, 또는 현실 여백에서의 치유와 사랑의 이야기인 것이다.

〈나〉가 13세였을 때, 같은 나이의 좋아하는 소년이 있었다. 두 사람은 그 나이에 맞는 데이트를 하며, 박물관에서 베토벤이 사용했다고 하는 낡은 보청기를 본다. 그는 바이올린을 켜주며 〈나〉를 즐겁게 해주기도 했는데, 갑자기 어딘가로 사라져버린다. 그러나 Y와의 교류가 깊어지며 〈나〉가 치유되어 가는데, 지금까지의 불쾌한 이명과는 다른 유쾌한 이명을 느끼게 된다. 처음에는 어떤 소린지 알기 어려웠지만 마침내 이 소리는 그 소년이 켜주었던 바이올린 곡이라고 알게 된다. 이 작품의 클라이맥스는 그렇게 조금씩 치유가 진행되는 시기에 Y와 히로가 열어준 생일파티의 사건일 것이다. 〈나〉와 그들은 옛날 귀족의 저택을 개조한 작은 호텔의 레스토랑에서 점심식사를 하였다. 파티 후에 밖에 나가보니 세상이 눈으로 덮여있었다. 사람들도 거의 없고, 지하철도 멈춰있다. 정류장에서 기다리고 있었더니 〈하얀 모피에 둘러싸인 큰 포유류 같은〉 버스가 들어온다. 이 부분은 미야자키 하야오의 「이웃집 토토로」(88)에도 연결되는 판타지 세계이다.

 Y가 준 명함에는 〈의사록 발행센터·속기회〉라고 적혀있다. 나중에 〈나〉가 그곳을 방문해보니 그런 곳은 없고, 창고를 개조한 앤티크 가구점이었다. 마침 정기휴일이었는데 연배의 직원이 혼자 작업을 하고 있었다. 허가를 받아 가구들 사이로 들어가 보니, 거기에는 낡은 바이올린과 한 장의 사진이 있었다. 사진에는 눈 오는 날에 갔던 호텔로 개조되기 이전의 귀족의 집 발코니가 찍혀있었다. 그리고 거기에 그 13살의 소년과 Y가 있다. 귀족의 집에서는 13살의 소년이 발코니에서 떨어져 식물인간이 되었으며, 10년 후에 죽었다고 하는데, 〈나〉의 첫 데이트 상대가 바로 이 소년이며 Y는 그 형이라는 것이다. 이렇게 불가사의한 수수께끼도 이 작품에는 나타난다. 그러나 그 수수께끼는 어디까지가 현실이며 어디부터가 환상인지 알 수 없는 현실과 비현실의 융화현상도 이 작품의 또 다른 특징이 된다.

 이 작품의 키워드라고 할 수 도 있는 것은 〈손가락〉과 〈소리〉일 것이다.

 〈손가락〉은 남편의 손가락과 Y의 손가락이 대응한다. 남편은 길어진 머리카락을 커트해주곤 했는데, 그때 남편은 〈나〉에게 수건과 가운을 둘러놓고는 〈다짜고짜 누른〉다. 그 날은 〈손가락의 형태와 분위기와 표정에 돌이킬 수 없는 차가운 그늘이 숨어있었다〉. 〈나〉는 〈어떠한 예고도 없이 남편의 배신〉을 감지하는데 3주 후, 현실로 나타난다. 그것과는 대조적으로 Y의 손가락은 〈나를 매혹시키는 무언가 소중한 것〉을 갖고 있으며, 〈그의 손가락을 바라보면 평온한 기분이〉된다. 그것은 〈쓸데없는 말을 이러니저러니 하지 않는〉〈자신을 눈에 띄게 하지 않는 방법을 납득하고 있는〉〈귀가 좋은〉〈참을성 있는〉속기사의 조건을 모두 충족하고 있는 표시인 것처럼 〈매력적〉이다. 〈나〉는 Y에게 〈내 귀를 위해 당신의 손가락을 빌려주지 않을래요〉라며 집에 오라고 하여, 귀에 관한 〈나〉의 이야기를 속기하게 한다. 그리고 점점 부탁이 심해져서 〈부탁이 있어요〉〈당신을 손을 안고 잠들고 싶어요〉라고 한다. 〈아주 쉬운 일이야〉라며 Y는 쉽게 응하고, Y의 손을 끌어안고 잠듦으로써 〈나〉는 마침내 치유되어 가는 것이다.

손을 끌어안고 잔다고 하는 설정은 가와바타 야스나리의 「잠자는 미녀」와 「한쪽 팔」이 의식되어 있다고 생각된다. 그러나 가와바타의 작품과 근본적인 다른 점은 Y의 손가락이 능욕의 의지를 갖지 않는 것이다. 〈손가락은 스스로 움직이려고 하지 않았다. 몸의 어딘가를 더듬거나, 무언가를 만진다든가, 뿌리치거나, 갈구하거나, 그러한 의지는 숨을 죽이고 있었다. 내가 느낄 수 있던 것은 손가락 그 자체뿐이었다〉. 그러면서도 〈나〉는 〈몸 전체를 끌어 안겨있는 것과 같은 안도감〉을 느낀다. 손가락은 〈가냘픈 그림자〉처럼 〈나〉에게 어떠한 요구도 하지 않아 〈나〉는 안심하고 〈마음이 가벼워〉진다. 라고는 하지만, 이것은 남자 측에서 보면 곤란한 요구로 「잠자는 미녀」에서 반은 남자가 아니게 된 노인조차도, 남자이기 때문에 무언가를 더듬고 싶어 하여 그 이상을 하고 싶어 하는 것이 뻔하다. 그것을 억제하는 것은 평균적 남성의 경우, 시련이며 고문이다. 그러나 반면에 오가와 발언에 안도하는 남성도 있을지도 모른다. 어찌됐던 우리가 젊었

을 때 오에 겐자부로 등이 등장해 〈성의 엑스퍼트〉라는 말을 사용하
게 된다. 야마다 에이미씨가 나와서는 흑인의 물건이 아니면 안된다
고 말씀하신다. 그러한 말에 완전히 겁에 질린 남성은, 오가와씨의
「슈거타임」 「여백의 사랑」 등의 작품에 의해서 구원받았다는 느낌
을 받았을지도 모른다. 어쨌든 「여백의 사랑」의 〈나〉의 요구는 특수
함을 넘어 여성의 본성에 골고루 도달한 부분이 있는 것 같으니 검
토의 여지가 있을 것 같다.

　다음으로 〈소리〉는 불쾌한 이명과 기분 좋은 바이올린의 멜로디가
대응하고, 또 소음과 〈고요함〉이 대응한다. 〈고요함〉은 〈Y와 함께 있
을 때는 어쩌면 항상 이런 식으로, 맞아, 모두에게서 잊혀져버린 귀
의 뒷부분처럼 주변이 고요해져 버리는 걸까〉(11장)처럼, Y와 같이
있는 시간의 특성인 것이다. 그럴 수 있는 이유는 Y의 손가락이 매
력적임과 동시에 그가 조심스럽고 참을성이 있으며, 상대의 생각을
있는 그대로 받아들여주기 때문이다. 10장에 〈귀의 뒷부분〉은 〈신체
중에서 가장 그윽한 곳〉이라는 발견이 기록되고, 13장에는 Y가 물고
기 중에서는 〈해류도 미치지 않을 정도로 깊은 바다의 모래땅에 조
용히 숨어있을 심해어〉를 좋아한다고 말하는 장면이 있다. 이러한
〈고요함〉과 〈그윽〉함을 동경한다고 하는 부분은 거친 경쟁사회, 투쟁
사회에 대한 오가와씨의 비판이 담겨있다고 생각된다. 그러한 오가
와씨도 『맥베스』의 아내와 같은 요소를 절대로 숨기고 있지 않다고
도 말할 수 없겠지만, 그러한 의식도 있기 때문에 더욱 그것에 대한
저항으로써 고요함과 조심스러움을 향한 동경이 명확하게 나타나있
는 것으로 보인다.

오가와 요코(小川洋子)의 문학 세계

「약지의 표본」
-「밀실」의 탈구축-

모리모토 다카코

사이다 공장에서 실수로 왼쪽 약지 끝을 잘린 〈나〉가 새롭게 찾은 직장은 〈표본실〉이었다. 기르던 문조(文鳥)의 유골을 가져오는 구둣가게 아저씨, 작곡가인 전 남자친구가 자신을 위해 자작곡을 만들어 주었다며 악보를 가져온 여자 …… 여기에 오는 손님들은 데시마루(弟子丸)가 경영하는 기묘한 〈표본실〉에 슬픔과 아픔을 불러일으키지 않고는 볼 수 없는 물건들을 각각 가져온다. 데시마루는 이들 물품을 지하의 표본실에서 〈표본〉으로 만들어 〈봉인하는〉 작업으로 각각의 주인으로부터 〈분리〉하여 〈완결시켜〉 준다.

「약지의 표본」(「신초」 92)이 오가와 요코의 특징적인 「밀실」 계보를 잇는 이야기라는 것은 의심의 여지가 없다. 현실세계에서는 살아갈 수 없는 자들의 은신처로써의 「밀실」. 그러나 여기서의 「밀실」은 극도로 상대화되어 있다고 할 수 있다. 어쨌든 이 작품에서 선별된 「밀실」의 은유는 표본이다. 예를 들어 핀으로 고정된 나비의 사해가 상징하는 것처럼, 표본이란 단순히 완벽하게 밀폐된 공간일 뿐 만 아니라 철저하게 수집가에 의해 「관리」된 물건이다. 현실세계에서 생으로의 회로가 절단된 것에 의해 역설적으로 영원화된다고 하는 「밀실」의 선명한 논리는, 여기서는 죽음이라고 하는 변형을 입고 「밀실」의 주인에 의해 다시 소유되어 몇 겹이나 사물화의 파도에 침식되어 있다. 거기에는 이미 「완벽한 병실」(89)에서 머금고 있던 정밀한 투명감은 사라져 있다.

「약지의 표본」은 마치 「밀실」을 날카롭게 탈구축하는 것 같다. 그 압권이 소설의 마지막 부분에서 〈나〉가 스스로 선택하게 되는 〈나〉자신의 표본화인 것은 말할 필요도 없다. 〈나〉가 상실한 약지의 끝은 절단된 순간에 사이다의 거품 속으로 빨려 들어가 표본화하려 해도 존재 그 자체가 없다. 지하의 표본기술실로 사라져버렸다고 〈나〉가 확신하는 〈여자 아이〉의 볼의 화상의 흉터는, 그 피부에서 벗겨 낼 수 없는 것이다. 이렇듯 〈자식과 분리할 수 없는 무언가〉의 표본화를 갈망하는 사람들은, 따라서 자기의 존재 그 자체를 표본화할 수밖에 없다. 「결락(손가락의 절편)/과잉(화상의 흉터)」으로서 육체에 각인된 절대적 손상은 존재 그 자체의 절대적 손상을 의미하는 암호라고 말해도 과언이 아니다. 이 세계에서 존재 그 자체가 부정된 자들은 존재를 소멸시키는 대가로써만 표본 속에 영원을 획득할 수 있다고 하는, 반대의 생을 살 수밖에 없는 것이다. 〈나〉는 〈나〉 자신이 데시마루 품에 안겨 표본으로 변해 그의 시선을 한 몸에 받으며 시험관의 〈미지근하고, 조용한〉 보존액에 잠기는 모습을 몽상한다. 기억의 잔상 속에서 사이다를 핑크색으로 물들이며 여전히 춤을 추며 끊임없이 하강하는 손가락의 절편의 목적 없는 부유감은 〈나〉의 존재 그 자체가 밀폐되는 것을 기다렸다가 사물화 된 〈나〉의 안에 마침내 봉인된다.

그렇다면 데시마루는 어떤 인물일까? 「데시마루-나」의 관계가 「표본실-표본」의 관계와 유사적관계인 것은 이미 명백하다. 〈나〉를 시작으로 수많은 「표본」을 갖고 있는 데시마루는, 작품 중에 일종의 「공동(空洞)」으로서 표상되고 있다. 각각의 표본이 서로 철저히 〈개인적〉인 것임에도 불구하고, 그것을 맡아 주는 데시마루는 〈자기에게 관련된 여러 가지〉가 〈너무도 훌륭하게 배제〉되어 있다. 〈나〉와 데시마루의 관계는 스토리 전개에서는 〈미묘하게 밸런스를 잃은 왼쪽 손〉을 가진 여자와 이상할 만큼 시선이 강력한 것을 빼면 〈어디를 봐도 밸런스가 잡혀 있는〉 남자와의 미묘한 공진(共振)이며, 구조적으로는 표본으로서의 오브제와 맡겨질 공간으로서의 공동으로 「짝」을 이루고 있다. 〈나〉의 결여된 약지가 데시마루의 입에 포함되어 그 입술에 적셔졌을 때, 〈나〉의 표본화까지의 과정은 그렇게 멀지 않다.

이미 「밀실」의 계보에 흐르는, 연애처럼 이야기되어 온 남녀관계조차도 탈구축 되어있다. 그 자체가 「남/녀」간의 권력구조를 내재시키는 연애는, 「채집/표본」 「소유/피소유」를 둘러싼 지배와 피지배 권력관계의 강도로써 작품에 나타나있는 것이다. 그렇다면, 가끔 지적되는 것처럼, 오가와문학의 연애가 페티시즘의 형태를 취하는 것은 당연한 귀결일 것이다. 페티시즘이 타자의 신체일부를 사물로써 소유하려고하는 성벽인 이상, 그것은 채집가가 표본을 사물화 하는 작품의 구조와 너무나도 균형 잡혀있기 때문이다. 우선 데시마루가 장딴지를 애무하면서 〈나〉에게 신겨준 〈검정구두〉는, 마치 〈태어났을 때부터〉 〈붙어있는 것 같〉이 피부와의 〈경계〉를 잃고 〈나〉의 발과 융합되어 간다. 새끼발가락 끝까지 자유를 박탈당하면서 부드럽게 싸여진 발은 드러나 있는 결여된 손의 존재를 더욱 부각시킨다. 결국 표본실에 흩뿌려진 타자기의 활자를 주우면서 〈나〉의 결여된 약지에는 〈정(晶)〉자가 빨판에 달라붙듯이 딱 달라붙을 것이다. 〈정〉자가 상징하는 극도로 밀도가 높은 투명한 공간은 〈나〉가 빨려 들어갈 「표본」의 상징이다. 이전 데시마루가 무릎 꿇고 검정구두를 신겨줬던 〈나〉가 지금은 타자기 활자를 남김없이 주우려고 그의 앞에서 납죽 엎드린다. 원래 연애의 시작에 있어서 남자가 여자에게 배궤하는 행위는, 그 육체를 자신이 소유하고 복종시키기 위한 의례인 것이다. 그러나 여기에서 마치 처녀의 신체처럼 요구되고 내밀어지고 있는 것은 표본으로 바뀌기 위한 신체이다.

표본실의 페티시즘을 둘러싼 고찰에 있어서 가장 흥미로운 것은, 표본화되어가는 〈나〉 자신이 한편으로는 표본실의 조수로서 데시마루의 페티시즘적인 시선을 스스로 내면화하여 표본채집가로서의 시선을 획득해 버린 일이다. 소녀의 얼굴 전체에서 화상이 있는 볼만을 특별히 분리해서 그것을 〈문양〉이 있는 〈얇고 투명하고 아기자기한〉 〈베일의 조각〉으로 감정하는 〈나〉의 시선은, 데시마루보다도 월등히 페티시하다. 아름다운 먹잇감으로서 소녀를 바라보는 데시마루의 시선을 먼저 모방하는 행위는 소녀에 대한 동성으로서의 질투로 변하여, 스스로 자신이 아름다운 표본으로 밀봉되고 싶다는 욕망을 일으키게 된다. 〈나〉의 잘린 손가락 끝은 아름다운 문양처럼 보이는 화상 자국으로 바뀌어, 마침내 조식의 스프에 들어있는 당근의 이미지와 겹쳐간다. 사이다를 피로 물들이면서 꽃조개처럼 떨어져 나간 약지의 기억은 이로써 드디어 시험관 곳에 선명하게 봉인된 손끝의 이미지로 승화되는 것이다. 「소멸」과 「지·하·실」의 관계를 〈나〉에게 암시해준 223호실의 노부인은, 그녀 자신이 반 정도 이미 소멸하여, 바짝 말라버리기 시작한 박제로서 이른바 「표본 No. 223」 안에 밀폐되어 간다. 〈구두의 침식〉을 〈남자의 침식〉으로 간파하고 경고해준 구둣가게 아저씨도 실은 문조의 표본을 맡기러 왔던 의뢰인의 한사람에 지나지 않는다. 「구두의 표본화」를 제안하는 그의 친절은, 현세에서 이루어지지 않는 사랑을 스스로 분리함으로써 영구보존한다고 하는 논리의 도착성에 있어서 틀림없이 「표본실」의 언어로 회수되고 있다. 만약, 이 완벽해 보이는 표본일람표에 위화감을 품는다고 한다면 그것은 소설의 마지막 부분, 끝을 잃은 약지를 가만히 자신의 손바닥으로 감싸듯 쥐어버리는 〈나〉의 무심한 행위일 것이다. 완벽하게 무기화(無機化) 되어버릴 약지에, 아직도 손상의 아픔이 느껴지고 손바닥의 온기가 그것을 덮는다. 소멸해가는 자기 자신에 대한 애틋함이 나타나기 시작한 것처럼 보이는 마지막 한 줄은, 가까스로 균형을 유지해온 「표본실」의 밸런스를 미묘하게, 그러나 결정적으로 무너뜨리고 있다.

오가와 요코(小川洋子)의 문학 세계

『안젤리나 사노 모토하루와 10개의 단편』
-「바르셀로나의 밤」 몽환의 전통 -

오가와 요코의 작품에는 도서실·박물관·표본실·온실이라고 하는 일상적인 공간과는 확실히 구별되는 공간이 등장하는 경우가 많다. 그것은 오가와가 작품을 쓰기 시작할 때 〈처음으로 머릿속에 떠오르는 것은 장소입니다〉(「무언가가 있었다. 지금은 없다」, 「유레카」 04)라는 발상 방법에 의한 부분이 크다고 생각된다. 즉, 오가와에게 있어서 그러한 공간은 작품을 생성하는데 있어 매우 중요한 것이다. 그것은 오가와의 유년시절의 학교 도서실 체험에서 찾을 수 있다. 오가와에게 있어서 도서실은 〈안심할 수 있〉으며 〈혼자가 될 수 있었〉(「깊은 마음속에서」 가이류샤, 99)던 공간이다. 그리고 〈먼 외국과 바다 밑과 소인국을 떠돌 수 있으며〉 〈교실에서 들었던 여러 갑갑한 생각을 전부 잊을 수 있었〉(위의 책)던 공간인 것이다. 이러한 공간에서 〈이야기를 zero부터 상상해가는 매력에 나는 홀려버렸다〉(위의 책)고 한다. 이것은 오가와

91

가 초등학교 시절을 이야기한 것인데 초등학생으로서 현실사회인 초등학교, 그 안에 있으면서 유일하게 현실로부터 유리(遊離)할 수 있는 공간이 도서실이라고 할 수 있다. 그리고 현실유리는 〈이야기를 zero부터 상상〉함으로써 비상하는 것이다. 「바르셀로나의 밤(バルセロナの夜)」의 첫 부분에 〈도서관〉 외관의 묘사는 〈폐쇄된 사무실과 같고〉 〈녹슨 예배당 같〉은데, 〈건물을 감싸고 있는 조용함이 공중으로 번져가는 모습이 마치 저녁노을이 하늘을 물들이고 있는 것 같았다〉고 하며, 일상과의 확실한 거리를 독자에게 인상지우고 있다. 게다가 주인공 〈나〉가 〈4년간 근무한 무역회사〉를 〈진부한 삼각관계의 갈등〉으로 〈재취직할 곳을 찾지도 않은 채 퇴직하고〉, 〈지긋지긋한 현실에서 벗어나 여유롭게 살고 싶다〉고 하는 설정이 한층 현실유리의 감각을 더하고 있다. 이 현실유리의 감각이 「바르셀로나의 밤」의 핵심이라고도 할 수 있다.

　〈며칠 지난 비오는 날〉, 〈나〉는 〈도서관〉에서 〈그〉와 처음 만나서 〈그〉에게 〈반짝반짝 빛나는 유리〉로 만들어진 〈고양이모양을 한 페이퍼웨이트〉를 맡아달라고 부탁받는다. 〈도서관〉에서 본적도 없는 남자로부터 〈고양이모양을 한 페이퍼웨이트〉를 맡아달라고 부탁받는 것은 현실적으로는 거의 있을 수 없는 일이다. 이렇게 있을 수 없는 현실을 독자에게 받아들이게 하는 것은 〈나〉 자신의 〈「하나에서 열까지 허황된 이야기죠」〉라고 하는 감상에 드러난다. 아마 있을 수 없는 〈그〉의 비현실적인 행위는 〈나〉 자신의 현실적인 감상에 의해 현실과 접촉하는 것이다. 마지막으로 〈나〉는 〈그〉의 부탁을 받아들여 〈반년 후〉에 다시 만나기로 한다.

　마침내 〈고양이모양을 한 페이퍼웨이트〉를 부탁한 〈그〉는 〈서가(書架) 깊숙이 소멸해〉 간다. 〈서가 깊숙이 소멸〉한다고 하는 표현은 "도서관을 뒤로 했다", "도서관에서 나갔다"라고 하는 표현과 비교하면 애매한 표현인 것은 말할 것도 없다. 이 애매한 표현은 〈반년 후〉에 〈나〉가 〈그〉와 재회하여 〈그〉와 헤어지는 장면에도 사용된다. 어느 경우에도 〈그〉는 어디까지나 "도서관에서 사라졌다"는 것이 아니라 〈서가 깊숙이〉 〈소멸해 갔다〉고 하는 것이다. 즉, 〈그〉는 〈도서관〉에서 나간 것인지, 혹은 아직 〈도서관〉 안에 머물러 있는 것인지가 확실히 드러나 있지 않는 것이다. 〈그〉는 장소가 정해져 있지 않다. 즉, 현실과 비현실의 틈에 〈그〉의 존재를 페이드아웃시킨다는 것이다.

　〈고양이모양을 한 페이퍼웨이트〉를 〈그〉에게 부탁받은 〈나〉의 현실은 〈페이퍼웨이트〉의 〈빛〉을 응시한다. 그러자 〈빛〉 속에 〈잠깐 만난 것 뿐〉인 〈그〉의 모습이, 그리고 〈그의 뒤〉에 〈도서관의 사서〉의 모습이 보이는 것이다. 갑자기 믿기 어려운 이 광경은 〈리얼한 꿈을 꾸고 있는 것 같았〉다고 한다. 여기에 〈나〉의 현실유리는 완성된다. 거기서 〈갑자기 나는 소설을 쓰고 싶어〉져, 〈그와 그녀의 사이에 있는 이야기를 쓰는〉 것이다. 그것이 작중의 소설 〈바르셀로나의 밤〉이다. 그 내용은 〈스페인어 교사〉가 〈자폐증기미가 있는〉 〈사서〉인 여성과 알게 되어 두 사람은 사랑에 빠지는데, 〈그녀가 언어를 늘려갈수록 그의 뇌에 생긴 약성종양이 커져〉가게 되어 〈그의 죽음에 의해 두 사람의 사랑은 끝을 맺는다〉는 비극적인 결말을 맞이함으로써 마치는 이야기이다. 〈그와 그녀 사이에 있는 이야기〉를 〈나〉가 쓴 것이라고 한다면, 〈그의 죽음〉이라고 하는 표현은 〈그〉의 존재는 실재하는 인물이 아니라고 여기는 것이다. 그러나 〈나〉는 실제로 〈고양이모양을 한 페이퍼웨이트〉를 부탁받았다. 이러한 모순을 방치하는 것이 이 작품의 환상적인 분위기를 양성하고 있는 것이다. 반년 후에 〈그〉와 재회한 〈나〉는 〈그〉에게 〈당신은 스페인어 선생님이고 이곳의 사서가 실어증의 연인이죠?〉하고 묻지만, 〈그〉는 〈당신의 소설 속에 쓰여 있지 않나요?〉라고 말하며 〈서가 깊숙한 곳으로, 사라져〉 가버리는 것이다. 〈그가 가버리고〉는 〈도서관에는 나와 사서만이 남았〉다. 〈가버리고〉라는 표현도 표현으로써의 애매함을 불식시킬 수 없다. 〈가버린다〉고 하는 것은 거기에 존재하던 것이 〈없어지다〉라는 의미로 "소멸하다"와 동의어이다. 즉, 〈가버린〉 순간을 〈나〉는 포착하지 못하고 있는 것이다. 확실한 현실로써 거기에 나타나는 것은 〈나와 사서만이 남았다〉는 사실 뿐이다. 〈사서〉는 『바르셀로나의 밤』을 읽으면서 〈어딘가에 분명 살아 있을 거야〉라고 혼잣말을 한다. 〈사서〉에게 있어서의 〈그〉의 실재성은 갑자기 높아져 가지만, 〈그〉는 〈서가의 깊숙이 소멸되어〉 간 것이며 이미 그 곳에는 "없는" 것이다. 그리고 〈나〉는 혼잣말처럼 〈사랑하는 마음은 언제나 변하지 않는다 ……〉라는 말을 남기고 〈그녀를 홀로 남겨 놓기 위해 도서관을 뒤로〉 한다. 여기서 〈나〉는 현실이라고도 비현실이라고도 할 수 없는 특이한 공간인 〈도서관〉으로부터 자신의 현실로 돌아가는 것이다.

이 작품의 결말부에 남은 것은 〈사랑하는 마음은 언제나 변하지 않는다 ……〉라고 하는 정념이다. 정념의 영원성이 훌륭하게 결정을 맺는 것이다. 〈무역회사〉를 〈퇴직〉한 〈나〉는 사회로부터, 나아가서는 현실로부터 구속되지 않는 자유인이다. 그러나 오가와의 계산은 환상성을 높이기 위해서 〈나〉를 완전히는 현실로부터 유리시키지 않는 것이다. 드문드문 보이는 〈나〉의 현실비판은 독자를 환상세계로 유인하는 역설적인 장치도 되는 것이다. 게다가 〈그〉의 존재를 현실과 비현실의 틈에서 갈피를 잡을 수 없게 함으로써 〈그〉의 한곳에 머무르지 않는 성질을 독자의 앞에 현재화(顯在化)시켜, 〈페이퍼웨이트〉의 빛에 현혹된 〈나〉가 매개가 되어 작중의 〈『바르셀로나의 밤』〉이 성립된다. 〈『바르셀로나의 밤』〉을 읽는 〈사서〉는 〈그〉는 〈어딘가에 분명 살아 있는거야〉라고 생각하고 눈물 흘리는 것이다. 여기에 영세불명의 정념의 결정체를 볼 수 있는 것이다. 그 생사조차도 불안한, 어디에 존재하는지도 모르는 〈그〉가 자신의 과거를 〈고양이모양을 한 페이퍼웨이트〉로 응축하여 〈나〉에게 〈『바르셀로나의 밤』〉이라는 작품을 쓰게 하며 정념의 결정이 되게 하는 구조는 단순한 계층적구조(nested structure)를 넘어서 요쿄쿠(謡曲)의 무겐노(夢幻能)* 구조에 근접시키고 있는 것이다. 오가와가 무겐노를 의식했는지 아닌지는 문제가 되지 않고, 그러한 구조가 정념의 영원성을 유지하기 위한 오가와에게 있어서의 필연이라고 한다면, 오가와의 소설 〈바르셀로나의 밤〉은 전통적인 일본문학의 DNA를 확실하게 답습하고 있는 것은 아닐까. 무겐노의 성질을 이해한다면 오가와작품의 환상성은 인간 삶의 용솟음이라고도 할 수 있는 정념의 결정화 과정을 현실과 비현실의

---

* 무겐노는 초현실적 존재인 주인공이 명승고적을 방문하는 승려나 여행자 등의 앞에 나타나, 명소에 관련된 전설 등을 이야기해주는 형식의 무대예술이며, 요쿄쿠는 그 각본에 해당한다.

사이에 스며들게 함으로써 교묘하게 연출하고 있다고 할 수 있을 것
이다.

『안젤리나 사노 모토하루와 10개의 단편』

하마사키 유키코

　본 작품은 오랫동안 사노 모토하루(佐野元春)의 음악을 각별히 사랑해온 저자가 그의 음악의 이미지를 중심으로 자아낸 10개의 단편으로 이루어져있다. 곡명에 부제목을 첨부한 각 편의 제목은 원곡이 갖는 세계와 접해있으면서도 겹치지 않는 독자적인 윤곽을 갖는 이야기의 시작을 예감하게 한다. 10명의 주인공이 만들어내는 하나하나의 사랑에 관련된 에피소드는 애절하고 덧없으며 구제할 길 없는 쓸쓸한 내용임에도 불구하고 전체적으로는 따스함이 있는 부드러운 기조로 완성되어 있다. 그것은 아마도 본 작품의 구성 때문일 것이다. 창작의 원천이 된 곡의 가사는 모두 남성 〈나〉로부터 여성 〈너〉를 향한 일방적인 메시지인 것에 반해, 10편의 이야기에는 남성의 주인공 〈나〉에 의해 전개되는 것과 여성의 주인공 〈나〉에 의해 전개되는 내용이 정확히 반씩 나타나고 게다가 거의 교차적으로 등장한다. 즉 각각의 독립된 단편의 집합임에도 불구하고 전체로서는 남성의 〈나〉의 부름에 여성의 〈나〉가 대답하고, 또 거기에 남성의 〈나〉가

응답한다고 하는 마치 왕복서간집과 같은 구성으로 이루어져 있는 것이다. 작가는 스스로 작품을 쓰게 되는 계기가 된『안네의 일기』에 대해 다음과 같이 서술하고 있다. 〈『안네의 일기』가 단순한 소녀일기가 아니라 문학이라고 여겨지는 것은, 우선 키티라고 하는 가공의 존재에게 말을 걸고 있기 때문입니다.〉「무언가 있었다. 지금은 없다.」「유레카」04). 본 작품의 각 작품은 원곡에 공명하는 한편 서로 여운을 남기도록 세심하게 짜인 결과, 오가와 작품 특유의 독성은 중화되고 다른 작품에서는 볼 수 없을 정도로 따뜻하고 행복한 정취가 잘 나타나고 있다.

그러면 남성인 〈나〉와 여성인 〈나〉의 이야기 사이에는 어떠한 관계성이 나타나고 있는 것일까. 나는 여기서 몇 개의 이야기를 살펴보면서 두 사람 사이에 존재하는 묵약(默約)을 따라 읽어가 보고자 한다.

우선 남성인 〈나〉의 이야기를 살펴보자. 표제작「안젤리나 네가 놓고 간 구두」는 주인공 〈나〉가 지하철 홈의 벤치에서 핑크색 토슈즈를 줍는 장면에서 시작된다. 신문광고를 보고 구두를 찾으러 온 구두 주인 〈안젤리나〉는 〈나〉의 집에 또 구두를 놓고 가고, 그 다음 주에 다시 찾으러 온다. 토슈즈를 신고 춤을 춰달라고 부탁하는 〈나〉에게 그녀는 무릎수술을 위해서 이 동네에 왔다고 밝히며, 그나마 신발만 신어 보여주었다. 그리고 헤어지면서 건강해질 때까지만 맡아달라며 그 구두를 〈나〉에게 부탁하지만, 다시 그 모습을 볼 수 없었다.

「그녀는 델리케이트 채식주의자의 립스틱」에서는 어느 날 아침, 〈나〉의 집에 〈렌탈 패밀리회사〉에서 파견되었다고 하는 〈그녀〉가 오게 된다. 그녀의 임무는 의뢰인의 요구에 맞춰 가공의 가족을 연기

하는 것이다. 처음 느낀 당혹감은 바로 〈연애감정〉으로 바뀌고, 〈미
련 없이 자신의 역할을 바꿔버리는〉 그녀에게 〈나〉는 〈불안〉을 느끼
게 된다. 밤중에 몰래 들어간 그녀의 방에서 대량의 화장품과 닳아
버린 립스틱을 본 〈나〉는 출장 준비를 하는 그녀에게 〈「가지마」〉
〈「더 이상 네가 아닌 누군가가 될 필요 없어」〉라고 설득한다.

　또한 「기묘한 나날들 가장 떠올리고 싶은 일」에서는 연인과 토요
일 밤을 보내기위해 저녁준비를 하고 있던 〈나〉의 집에 갑자기 처음
본 중년의 〈아줌마〉가 방문한다. 그녀는 지도제작 조사를 위해 최근
에 공터가 된 언덕위에 이전에 뭐가 있었는지 알려달라고 하지만
〈나〉는 떠올릴 수 없다. 집에 들어와 뻔뻔하게 행동하는 〈아줌마〉와
시간이 지났는데도 오지 않는 여자친구. 그 사이에서 〈나〉의 조바심
과 초조함이 증대되어가기만 한다. 〈언제쯤 저 공터에 있었던 건물
을 떠올릴 수 있을까. 아줌마가 제작하는 지도의 공백을 메울게 될
수 있을까〉 어느 샌가 〈아줌마〉가 알고 싶어 하는 것이 나의 〈가장 떠
올리고 싶은 일〉이 되어 버렸다.

　예상치 않은 자의 방문은 여러 명의 〈나〉가 전하는 이 이야기들에
공통적으로 나타나는 모티브의 하나이기도 하다. 〈나〉의 〈뻔한〉 일상
속에, 어느 날 갑자기 예기치 않는 누군가가 불쑥 나타난다. 〈나〉는
일상의 잔잔함을 깨부수는 이 침입자에게 처음에는 놀람과 불안과
초조함을 느낄지언정, 점차 그 존재의 기묘한 모습에 이끌리게 된
다. 「안젤리나」에서는 〈그녀의 신체의 라인〉의 〈단련된 아름다움〉에,
「그녀는 델리케이트」에서는 〈립스틱 하나로 여러 역할을 해낼 수 있
는〉 〈그녀의 입술〉에, 「기묘한 나날들」에서는 〈아줌마〉가 알고 싶어

하는 〈공터의 기억〉에 대해, 라는 식으로 〈나〉가 갖는 욕망은 매우 페
티시하다. 「안녕 …… 골드피어스」의 〈심야의 뉴스 엔딩〉에서 우연히
들은 〈목소리 그 자체〉에 대한 편애 등은 페티시즘의 최고봉을 보여
준다. 그리고 그러한 욕망을 계속 유지하기 위해서 〈나〉들은 예기하
지 않았던 사건과 인물과의 만남에 의해 미묘하게 벗어나버린 현실
을 굳이 수정하려 들지 않고 그대로의 상태로 보존하려고 애쓴다.

> 토슈즈는 그대로 책상위에 있다. 그때 그녀가 묶어 둔 리본모양 그
> 대로이다. 나는 절대로 리본을 풀 수 없다. 그녀가 남기고 간 것을 조금
> 이라고 잃고 싶지 않으니까.   「안젤리나 네가 놓고 간 구두」

한편, 여성인 〈나〉가 풀어내는 이야기는 어떨까. 「누군가가 너의
집 문을 두드리고 있어 목에 걸어둔 반지」에서는 어느 날 갑자기 왼
쪽다리의 기억을 잃은 주인공 〈나〉가 〈거리의 중앙〉에 있는 〈온실〉을
방문한다. 거기에 있는 〈온실관리인〉의 〈나〉에 대한 태도는 다른 사
람들과 다르게 친밀함 가득한 성실함이 있었다. 〈「어, 잘 왔어」〉라고
말을 건네는 그는 〈나의 방문을 이미 알고 있었던 것처럼 친밀한 미
소〉를 보인다. 〈나〉는 거기에 살기 시작하면서 오른쪽 다리, 오른쪽
손 …… 천천히 신체의 기억을 상실해 간다. 불안에 떠는 〈나〉에게 그
는 〈「네가 만약 신체의 모든 기억을 잃는다 해도 너를 찾을 거야. 네
현관문을 두드릴게」〉라고 말한다.
　「나폴레옹피시와 헤엄치는 날 물이 없는 수영장」의 〈나〉는 처음
가는 동네의 수족관을 방문하는 버릇이 있다. 한번 둘러본 후에 반드

시 접수직원에게 「나폴레옹피시는 없나요?」하고 묻지만, 있었던 적이 없다. 그녀는 18세의 여름에서 가을에 걸쳐 바닷가의 리조트호텔에서 아르바이트를 했는데, 그 때 만난 아르바이트생 〈남자아이〉가 여름이 끝나고 물을 빼낸 수영장에서 다음과 같은 이야기를 해주었던 것이다. 여름이 끝나면 수영장에서 나폴레옹피시를 기르기로 되어있다. 물고기들은 인간에게 익숙해져 있어서 사람 손으로 건네는 삶은 달걀을 먹는다고 한다, 고. 이후 매일 〈나〉는 수영장을 들여다보았지만, 나폴레옹피시는 나타나지 않았다. 그 후 12년이 지난 지금도 〈나〉는 〈그날 밤 그가 알려준 나폴레옹피시를 생각하는〉 것이다.

이들 작품에 등장하는 〈나〉들은 모두 무언가의 상실감과 결여의 감각을 가지고 어딘가로 향한다. 거기는 도서관이기도 온실이기도 하며 수족관이기도 해서, 모두 많은 물건이 수집되고 분리되어 질서 있게 전시되는 장소이다. 〈나〉는 그러한 장소에 자신이 잃어버린 것과 부족한 것을 찾으러 가는 것이다. 그리고 거기에는 반드시 〈온실 관리인〉과 아르바이트하는 남자아이와 스페인어 교사와 옛 연인 등, 〈나〉를 기다리는 누군가가 있다. 그리고 이끌어주는 그들과의 만남에 의해서 〈나〉는 치유되고, 꿈을 꾸며, 이야기를 만들어낼 수 있게 되는 것이다.

〈소리가 말을 이끈다고 하는 것은 확실합니다〉(문고판 후기)라고 저자는 말한다. 그녀에게 있어서 사노의 음악이야말로 언어를 자아내는 행위를 〈인도해주는〉 지상의 소리인 것이다. 그리고 또한 그들 원곡에 있어서도 이 10편의 이야기는 제대로 〈예상하지 못한 자의 방문〉이 되었음에 틀림없다.

오가와 요코(小川洋子)의 문학 세계

『고요한 결정』
- 그 작품세계를 즐기다 -

미야케 요시조

오가와 요코의 작품세계에 들어가기 전, 아주 잠깐이지만 희미한 위화감을 느끼는 경우가 있다. 그러나 결코 불쾌한 느낌은 아니다. 어떤 때는 어렴풋이 밝고 따뜻하지만, 윤곽이 뚜렷하지 않아 망설이면서 손을 더듬으며 앞으로 나아가는 느낌이다. 어떤 때는 손목이 잡혀서 빠른 속도로 끌려올라가는 느낌이다. 이는 작품에 따라 여러 양상으로 나타나지만 어쨌든 그 경계선을 넘으면 눈앞에 전혀 다른 새로운 세계가 열리고, 독자는 옛날부터 단골손님처럼 그 세계로 들어가 특이한 체험을 즐길 수 있는 것이다. 『고요한 결정』의 경우 〈기억이 소멸하는 섬〉이다.

어떠한 시대이며 어떠한 장소인지 독자에게는 전혀 알려져 있지 않은 이 섬에서는, 여러 물건이 소멸하고 그 물건에 대한 사람들의 기억조차 없어져 간다. 리본이 없어지고 우표와 장미꽃이 사라지며,

103

그에 대한 기억이 소멸해 간다. 예를 들어 새가 소멸했을 때, 주인공인 〈나〉는 〈새라고 하는 말의 의미도, 새에 대한 감정도, 새에 관한 기억도 뭐든지 모두〉 잊고, 장미꽃이 사라졌을 때는 장미정원에서 〈아무리 가시와 잎과 가지의 형태를 바라보아도, 품종에 대한 푯말을 읽어도, 더 이상 자신이 장미꽃 모양을 떠올릴 수 없는〉 것을 깨닫는다.

이 섬에서는 〈소멸〉이 자연현상이며 사람들은 그것을 당연하다고 여겨, 불만이나 불편함을 느끼지 못하여 처음부터 그 사물이 없었던 것처럼 행동한다. 소멸의 전조가 나타나면 어떤 물건이 사라지게 될지 느끼고 사람들은 극히 자연스럽게 그것을 태우거나, 강에 떠내려 보내거나, 기억을 잊어버리게 되는 것이다. 모자가 없어지면 모자장인은 우산을 만들고, 마찬가지로 페리 정비사는 창고 지킴이로, 미용사는 조산부(助産婦)가 되어 아무도 불만을 품는 사람은 없다.

이러한 작품세계에 들어가면서 적지 않은 독자는 거기에 담긴 우의를 찾으려고 할 것이다. 또한 오가와 요코가 여러 형태로 계속 써나가고 있는 「기억」 「소멸」의 문제에 대해 다른 작품과의 관계를 통해 해석하려고 할지도 모른다. 그렇지만 나는 『고요한 결정』에 있어서는 우의를 명확하게 하려고 한다거나, 작가의 연구를 통해 작품을 해부하려고 하지도 않고 애매한 부분은 애매한 대로 남기면서, 단지 이 작품세계에서 유랑하며 아이처럼 호기심을 갖고 즐기는 독서를 하고 싶다. 이러한 읽기로는 이 작품의 가치를 낮출 뿐만 아니라 너무 치졸하다고 비난받을지도 모르겠지만, 우선 이유는 제쳐두고, 먼저 이 작품이 연주하는 소리에 몸을 맡기는 것이 작품의 세계를 보다 잘 이해하고 즐길 수 있는 포인트라고 생각된다.

이 섬에서는 모두 같이 기억을 잃는 사람이 정상이지만, 일부는 기억을 계속 갖고 있는 사람이 있어서, 그 〈이단자〉는 철저하게 소멸 완수의 임무를 가진 비밀경찰에 의해 어딘가로 연행되어 간다. 이 비밀경찰의 〈기억사냥〉이 가혹함을 더해가는 중에 소설가인 〈나〉는 편집자 R이 기억을 잃지 않는 인간인 것을 알고, 충실하게 모든 일에 하인처럼 행동하는 〈할아버지〉의 협조를 얻어 비밀의 방을 만들고 거기에 R을 숨긴다. 유대인을 박해하는 나치를 연상하게 하는 비밀경찰. 그 냉혹한 탐색으로부터 R을 필사적으로 지키는 〈나〉와 〈할아버지〉. 오가와 요코가 중학교 1학년일 때 「안네의 일기」를 읽고 감명을 받았다는 일화는 유명하지만, 그 「안네의 일기」에 그려진 세계를 떠올리게 하는 긴박한 장면이 여러 차례 그려지며 독자들을 끌어 들인다.

단, 〈나〉가 놓인 상황 그 자체는 긴박해져 가지만, 그려지는 세계는 어디까지나 조용하다. 그것은 조금씩 사물이 소멸해가는 이 이야기의 성격과 오가와 요코의 문장에 의한다고 볼 수 있다. 오가와 요코는 데뷔했을 때부터 문장력에 대한 평가가 높았는데, 이 작품에서도 〈모두 손톱깎이가 중얼거리는 조용한 소리에 귀를 기울이고 있었다. 그것은 한밤의 밑바닥에 한때를 봉인하는 열쇠 소리처럼 울렸다〉 〈가슴 속의 끝없는 늪에 불티가 한 톨 헤매고 있는 것 같은 희미한 통증을 느꼈다〉 등의 정교한 표현이 조용하고 투명한 세계를 만들어내며 오가와 요코 특유의 분위기를 빚어내고 있다. 긴박함과 정밀함의 기묘한 불균형에 몸을 뉘어 즐길 수 있는 것도 『고요한 결정』

의 또 다른 매력일 것이다.

소설가인 주인공 〈나〉는 편집자 R의 조언을 받으면서 소설을 쓰고 있는데, 그 소설이 본래의 소설 속에 나타난다. 즉, 『고요한 결정』은 기억이 없어지는 섬의 이야기를 쓴 소설과, 그 이야기의 주인공인 〈나〉가 쓰는 〈소설 속의 소설〉이 서로 얽혀 복잡하고 특이한 세계를 만들어 내고 있는 것이다.

소설 속 소설의 주인공은 타이피스트인 젊은 여성이다. 타자학원의 선생인 남자친구는 목소리를 잃고 부서진 타자기가 쌓여 있는 밀실에 갇혀 혹사당하며, 여자 친구에게는 버림 받아 도망치고자 하는 마음마저 잃어버려 마지막에는 밀실과 하나가 되어간다.

본래의 소설 속에는 타이피스트의 이 특이한 소설이 조금씩 같이 섞여 있어서 독자는 두 소설의 관계를 생각하면서 읽어 나가게 된다. 기억의 상실과 목소리의 상실. 타이피스트가 갇힌 밀실과 R이 숨어있는 비밀의 방. 소중한 것을 가두는 밀실이라고 하는 것의 의미. 독자의 머릿속에 여러 형상이 떠오르고, 그들이 통합되거나 분리되어 움직이며 돌아다닌다. 두 개의 소설의 여러 요소는 중첩되면서도 그 중복방식이 애매한데다 겹치지 않는 부분도 있어 확실하지 않다. 그것을 명확히 하려고 양자의 관계를 억지로 밝히려는 읽기도 있을 수 있겠지만, 나는 겹치지 않는 부분과 애매한 부분은 그대로 두어도 좋다고 생각한다.

「기억」「상실」「밀실」「존재의 소멸」 등이라고 하는 언어로 나타나는 이야기를 앞에 두고 우리들은 어떻게든 거기에 포함되어 있는 우의를 찾고, 작품세계를 해부하여 명확하게 나타내고 이해하여 안심하고 싶다고 하는 생각에 사로잡혀 버린다. 그러나 『고요한 결정』
의 경우 그러한 읽기 방법으로 만에 하나 논리적으로 해석을 해내
고, 앞뒤가 맞았다고 해서 그걸로 납득하여 안심하는 순간 이 세계
에서의 정취와 재미가 반감된다고 생각된다. 애매한 부분은 그대로
남기고, 의외의 전개에 농락당하면서 불가사의한 이야기 속에서 유
랑함으로써 이 소설의 매력을 충분히 맛볼 수 있다고 생각한다.

　작가의 글에 몸을 맡기고 읽어 가면 이야기의 결말에서 조용한 박
력이라고도 말할 수 있는 불가사의한 힘에 의해 독자의 마음이 움직
인다. 섬사람들은 왼쪽 다리를 잃고, 오른쪽 팔을 잃고, 눈물이 나오
는 눈이, 눈물이 흘러내리는 볼이 사라져가고, 마지막에는 목소리만
남게 된다. 목소리만 남아버린 〈나〉와 R과의 대화가 투명한 세계 속
에서 공명하는 부분은 애절하고 아름답다. 마침내 목소리뿐이었던
〈나〉도 사라져 버리는데, 여기서도 역시 소멸의 의미와 그 암시하는
바 등은 굳이 명확하게 읽어낼 필요는 없다고 생각한다. 오히려 R의
처지가 되어 허공에 사라져가는 〈나〉에게 손을 뻗어 애절하게 가슴
을 저미고 싶다. 그러한 읽기 방법으로 불가사의한 체험을 했다고
하는 즐거움과 만족감이 넘치게 될 것이다. 그리고 불가사의한 이야
기에 몰두하여 듣곤 하던 어린 시절의 기분을 신체감각으로써 떠올
릴 수도 있다. 『고요한 결정』의 작품세계를 이렇게 느끼며 즐기고 싶
다고 생각한다.

오가와 요코(小川洋子)의 문학 세계

「육각형의 작은방」

- 고요하게 이어지는 〈혼잣말〉 문학사 -

스도 히로아키

「육각형의 작은방」은 〈나〉가 〈말하기 작은방〉이라는 혼잣말을 하는 특별한 공간을 발견하는 이야기이다. 의과대학의 사무직원인 〈나〉가 스포츠클럽의 수영장에서 미도리(ミドリ)를 만나는 데서 이야기가 시작된다. 〈몸 전체에서 풍기는 압도적인 평범함〉을 소유한 〈아줌마〉 미도리에게 흥미를 갖게 된 〈나〉는, 어느 날 미도리를 미행한다. 그녀가 들어간 곳은 폐허로 변한 〈사택관리사무실〉이다. 사무실의 한 칸에 미도리와 그 아들 유즈루(ユズル)가 만든 육각의 판으로 구획된 〈말하기 작은방〉이라고 하는 공간이 있다. 다양한 사람이 이 방에 혼자 들어가 무언가를 중얼거린다. 방에서 나온 〈나〉는 지금까지 부둥켜안고 있던 고통이 사라지는 것을 실감한다.

이상이 그 줄거리이다. 이 작품의 매력은 얼핏 보면 비일상적이라고 생각되는 〈말하기 작은방〉이라고 하는 혼잣말 공간을 설정하는 것으로, 매우 일상적인 〈평범함〉과 〈특별함〉이라는 문제를 그려내고 있는 것에서 볼 수 있다. 아무도 없는 공간에서 끊임없이 말을 뱉어 내는 것은 현실에서는 거의 있을 수 없는 일이지만, 혼잣말은 실로 일상적인 행위이다. 이 이야기에서는 〈말하기 작은방〉에서 혼잣말을 하는 행위로 인해 일시적일지는 모르지만 각자가 평안을 얻는다는 구조로 이루어져 있다. 인위적으로 만든 육각형의 〈말하기 작은방〉 은 비일상적인 공간이다. 그러나 우리들은 이러한 특수한 공간에 들어가지 않아도 일상적으로 혼잣말을 하고 거기서 잠깐의 위안을 얻고 있다. 「육각형의 작은방」은 이러한 작은 위안이 되는 혼잣말을 우리들의 문제의식으로서 도출시키고 있다.

〈나〉는 처음에 〈말하기 작은방〉에 들어갔을 때 〈진짜 아무도 듣고 있지 않죠?〉 〈그러니까 혼잣말 같은 거군요? 다른 사람의 시선을 신경 쓰지 않고 내가 좋아하는 스타일대로 마음껏 혼잣말을 할 수 있는 상자. 그렇게 생각하면 어느 정도 납득할 수 있어요〉 〈좁으면 좁을수록 자기 목소리가 잘 들리고, 마음의 상태까지도 확실하게 떠오르는 기분이 될 거에요. 혼잣말의 쾌감이지요〉라고 말한다. 말하기를 마친 〈나〉는 〈말하기 작은방에서 나올 때, 공기의 질이 한순간에 바뀌는 것을 느꼈다. 지금까지 나를 에워싸고 있던 얇은 막이 급속히 말라서 파슬파슬 떨어져 내려가는 것 같았다〉라는 감개에 잠긴다. 〈바뀌는〉 것 같다고 말하는 이상, 변화는 생긴다. 이 변화가 평안으로 연결된다. 문제는 〈나를 에워싸고 있던 얇은 막〉이란 무엇이며, 왜 그것이 〈떨어져 내려가는〉가 라는 것이다. 〈막〉이란 말에 의해 주문이 걸려있던 의식의 하나일 것이다. 희로애락 전부를 대상으로 한 각각

현실의 체험을 자신의 의식 속에서 납득시키기 위해서 말에 의해 하나의 체험을 자기이론화, 혹은 제멋대로의 자기정리화해서 체험이 의식화 된 〈막〉이 된다. 체험을 언어로 허구화함으로써 의식 속에서 실체화되어 자기의식에 달라붙는 것이다. 계기는 자기납득을 위해 행해졌던 행위이지만, 말에 의해 변용된 〈막〉으로 변한 의식에 달라붙은 체험은 납득과는 반대로 작용하여 이번에는 자신을 괴롭히는 것이다. 그 괴로움을 어떻게 제거할 것인가. 그것은 〈막〉으로써 가둬둔 행위를 완전히 정반대로 할 수밖에 없다. 즉, 다시 언어화하여 의식 밖에 체험을 드러내야 하는 것이다. 이 반대행위가 구체화 된 것이 〈말하기 작은방〉에서 혼잣말을 하는 현상이다.

이렇게 〈말하기 작은방〉에 들어간 사람이 중얼거리는 것에 의해 평안을 얻는다고 생각해도 좋을 것이다. 혼잣말이라고 하는 행위와 혼잣말이 갖는 기능에 의해 평안함을 얻는 것이다.

이 방에서 말한다는 의미는 〈나〉라고 하는 〈말하기 작은방〉의 향유자 측에서 보면 이와 같지만, 이 방을 만든 제작자 측의 유즈루에게는 어떠한 의미부여가 되어 있는 것일까. 유즈루는 〈나〉에게 〈저기에 들어간 사람 누구나 생각보다 더 체력을 소모하지〉〈저곳에 머무는 것은 당신이 생각하는 것 이상 중노동이야〉라고 설명하고 있다. 사실 〈나〉는 방을 나온 직후의 상황을 〈무언가 정체 모를 피로감이 남아있다. 많은 말을 토로하여 가슴이 텅 비워졌다고 하는 것보다 내 말들이 녹기 시작한 말하기 작은방의 정숙을 빨아들여, 가슴속이 농밀해진 기분이었다〉라고 서술한다. 이 〈피로감〉이란 어떠한 것일까. 그것은 〈농밀함〉에 있다. 혼잣말을 하고 〈막〉을 벗긴다는 행위는 체험을 없애서 〈텅 비워〉버릴 수 있는 것은 아니다.

〈막〉을 벗김으로 이번에는 새로운 〈정숙〉이라고 하는 무언어(無言語)의 시간을 의식 속에 거둬들이는 것이다. 이 〈정숙〉은 언어가 아니기 때문에 말로 설명할 수 도 없고, 명확하게 이해할 수도 없다. 단지 〈정숙〉하기 때문에 개인(私)이라고 하는 의식만을 확실하게 실감할 수 있는 시간의 흐름이다. 따라서 이 시간과 의식의 흐름은 〈정체모를〉 것이 되어 〈나〉라고 하는 혼잣말 방언자의 몸을 습격하는 것이다. 그 결과의 〈노동〉〈피로감〉의 대가로 평안과 구원을 얻는 것이라 할 수 있다.

이 〈농밀함〉에 의한 〈피로감〉도 몇 번인가 반복하는 동안 〈드디어 그 농밀함은 혈액과 함께 뇌로 운반되어 기억세포의 한정된 한 곳에 표착하여 그곳에 봉인되는 것을 알았다〉라고 〈나〉는 실감하게 된다. 무언어의 〈정숙〉의 체험이 자기의 의식 속에 〈봉인〉되어 안정을 기하는 것이다. 이것이 혼잣말에 의한 구원의 시스템이다.

〈막〉이 되어 달라붙어 스스로를 괴롭게 하는 언어화된 체험이란 어떤 것일까. 그것은 작품 속 에피소드에서 다뤄지는 세 개의 사건에 대한 〈나〉의 의미부여에 명확하게 나타나 있다. 세 개의 사건이란 잃어버린 티켓이 발견된 것, 수술용 장갑이 날아 온 것, 본적 없는 여성이 말을 걸어온 일이라고 하는 작은 사건들로, 〈나〉는 〈특별히 신경 쓰지 않으면 아무렇지도 않을 종류의 사건이었다〉라고 정의한다. 문제는 〈특별히 신경 쓰지 않으면〉이라고 하는 조건부이다. 「신경 쓰면 무언가 특별한 사건」이 된다고 하는 것이다. 「신경 쓴」, 즉 의식화 된 결과가 체험의 언어화로 연결되는 것이다. 그 「신경」을 제거하기 위해서 혼잣말의 행위를 필요로 하는 것이다. 자기라고 하는 주체가 「신경」이라고 하는 필요악을 갖고 있는 이상, 혼잣말은 불가결한 행위가 된다고 하는 일상의 작은 법칙을 이 작품은 제시하고 있다.

무라카미 하루키의 등장인물들도 나카가미 켄지의 등장인물들도 자주 혼잣말을 내뱉는다. 나쓰메 소세키의 작품에서도 마찬가지이다. 그 혼잣말에서 무언가 구원을 얻고 있는 경우가 있다. 이것은 근대에 한정된 것이 아닐 것이다. 기키(記紀)* 시대로부터 이어져오고 있다. 언어의 주술성의 문제이다. 그 중에서도 「육각형의 작은방」과 매우 근접한 혼잣말의 테마를 갖는 작품 중 하나로 아쿠타가와 류노스케의 「시로(白)」가 있다. 죄를 지어 전신 검은색이 된 「시로」라고 하는 이름의 개는 마지막 장면에서 혼잣말을 모두 마치는 것으로 원래의 하얀색으로 돌아간다. 이것 또한 혼잣말에 의한 구원이라고 생각해도 좋을 것이다. 여기에서도 혼잣말에 의한 구원과 전화, 혼잣말의 위력이 그려져 있다. 〈혼잣말〉의 문학계보는 확실히 존재한다.

「육각형의 작은방」은 면면히 고요하게 계속되고 있는 〈혼잣말〉 문학사 속에서 혼잣말의 명확한 테마를 전면에 나타낸 작품으로서 배치할 수 있다. 극적인 구원이 아닌 작은 일상의 구원이야말로 우리의 진정한 문제인 것이다.

---

* 8세기 경 편찬되었다는 일본의 역사서 『고지키(古事記)』와 『니혼쇼키(日本書紀)』에서 각각 한 글자 씩 가져와 기키(記紀)라고 부른다.

오가와 요코(小川洋子)의 문학 세계

『자수를 놓는 소녀』
- 폐쇄감각과 영원화 -

야마다 요시로

 오가와 요코의 단편집『자수를 놓는 소녀』는 잡지「야세이지다이」
에 1994년 11월부터 95년 8월까지 연재된 작품을 수록하여 1996년
3월 25일, 가도카와쇼텐에서 간행되었다. 단편집 이름이 된「자수를
놓는 소녀」를 권두로「숲 속에서 타는 무언가」「미소녀 콘테스트」
「케이크 조각」「도감」「아리아」「기린의 해부」「하우스 크리닝의 세
계」「환승」「제3화요일의 발작」까지 10편의 단편이 수록되어 있다.
 등장인물도 장면설정도 다르고 각각 독립된 단편이라고 말할 수
있지만, 10편을 끝까지 읽었을 때 밑바닥에 흐르는 공통의 모티브가
형성되어 깜박이고 있는 것을 느낄 수 있다. 그것은 폐쇄감각이라고
도 할 수 있는 미묘한 것으로, 그 하나의 단서로써 수록작품의 상황
설정의 특이성을 들 수 있을 것이다. 예를 들어 2번째 배치되어 있는
「숲 속에서 타는 무언가」를 보도록 하자.

이것은 무라카미 하루키의 소설을 떠올리게 하는 특이한 장소가 설정되어 있는 작품이다. 〈나〉는 〈수용소〉에 들어오게 되는데, 이 수용소에서 수용자는 모두 귀 속의 〈태엽선〉을 뽑혀버린다. 이것은 현실과의 평형감각을 잃는 것을 의미하는 일종의 비유라고 볼 수 있는 설정이지만, 결국 이 수용소의 정체가 무엇인지는 확실하지 않다. 단지, 한 인생이 다다른 끝에 보이는 장소, 조금 더 나아가 생각하면 인생의 막다른 곳에 있는 수용소라고 할 수 있다.

〈나〉가 수용소에서 알게 된 할아버지는 「오랜 여행을 하고 마침내 이곳에 도착했다고 하는 것을 잊어서는 안 돼. (중략) 먼 곳의 기억으로 인해 방해를 받는다면 여기서는 생활해 갈 수 없어」라고 말한다. 또한 이 수용소에서 일하는 〈그녀〉로부터 시간에 관련된 정보를 관장하는 태엽선을 뽑혀버리고 「영원히 계속되는 한순간을 손에 넣게 되었다」고 알게 된다. 지금까지의 인생에 대한 기억을 제거까지 해서 얻을 수 있는 막다른 장소, 여기서의 하릴없는 생활. 작품의 말미에서 〈그녀〉의 태엽선을 뽑고자 하는 사건에서 더욱 그 「장소」에서 안주할 수 없다는 흔들리는 심리가 엿보이지만, 그것은 한번 무너진 마음 조각의 섬광에 의한 것일 것이다.

단편집 『자수를 놓는 소녀』 속의 작품들은 그러한 일종의 막다른 장소에서 자아내어지는 이야기가 많다. 「케이크 조각」 속 가공의 공주님, 「도감」에서 자기 눈의 안구를 스스로 뽑아내는 여자, 「아리아」의 단 한명의 관객을 상대로 아리아를 부르는 나이든 여자, 「제3화요일의 발작」에서 가공의 체험기를 써나가는 천식에 걸린 여자 등이 특징적이다. 이렇게 얼핏 보면 무위라고 생각되는 일상생활을 대상화하려는 작가의 시선이 보인다. 그리고 이러한 모종의 막다른 장소에 있는 왜곡된 생의 모습은 『귀부인 A의 소생』『박사가 사랑한 수식』에 이르기까지 오가와 요코 문학의 모티브로서 흐르게 되는 것이다.

이 단편집의 표제가 된 작품 「자수를 놓는 소녀」는 엄마가 입소한 요양원에서 나레이터 〈나〉가 이전에 머물던 고원(高原)에 관한 기억을 엮어 가는 이야기로, 거기서 재회한 여성은 지난날들을 현재까지 연장한 것처럼 자수를 계속 이어가는 시간을 보낼 뿐이다. 서술자인 〈나〉는 〈잠에서 깨어난 기억 속 어린이〉의 마음이 넘실거리지만, 앞서 말한 〈자수를 놓는 소녀〉는 지금도 변함없는 조용함 속에 자수만을 이어갈 뿐이다. 그러한 의미에서 이 〈나〉와 그녀와의 사이에 있어서는 각각 상대를 향한 심리에 상당한 격차를 보인다.

〈나〉는 재회한 그녀에게 확실한 연애감정을 느끼게 되어 그녀가 만들고 있는 침대커버의 자수가 완성될 즈음에는 표현할 수 없는 고통이 가슴에 남는다. 엄마가 죽은 뒤에도 자수를 완성시키고 모습을 감춘 그녀를 찾아 요양원 안을 배회한다. 마음의 파동이 현저하다. 반면 자수를 놓던 그녀의 주변에는 고요함만이 가득하다. 그녀는 「천식이 낫지 않아서 아직까지 취직도 안하고, 결혼도 안하고 집에 가만히 있는 거야. 여기서 봉사하는 게 유일한 사회참여야」라는 말에서 사회의 한쪽에서 조용하고 단조로운 일상을 보내고 있다는 것을 상상할 수 있다. 그리고 작품의 끝에 이르러서 〈나〉가 지금의 자수가 완성되면 어떻게 할 것인가 물어 보는데도, 아무렇지도 않게 다시 별장으로 돌아가서 자수를 계속할 뿐이라고 말한다. 때문에 더욱

「자수를 놓는 거지. 당연한걸. 달리 뭘 하겠어」라고 말하는 그녀의 의연한 그 말은 어떤 의미에서 매우 인상적이다. 생각해 보면 그녀가 계속 이어가는 자수 그 자체는 생계와 연결되는 것도 아니어서 그런 의미에서는 비생산적인 행위이다. 게다가 그녀는 그 행위만을 변함 없이 지속하며 나날을 보내고 있는 것이다. 무엇이 그녀를 자수를 이어가게 하고 있는 것일까.

「(자수가)재미있는지 어떤지는 잘 몰라. 혼자되고 싶을 때, 이걸 하는 거야. 내 손가락만을 보는 거지. 작고 작은 바늘 끝에만 나를 가두는 거야. 그러면 갑자기 자유로워지는 기분이 들어」라고 작품에서 그녀는 이렇게 술회하고 있다. 일견 폐쇄적인 행위라고 보이는 자수가 실은 스스로의 마음을 해방하는 것이라고 말하고 있다. 그리고 그 자수를 놓는 그녀의 주변에는 아까도 서술한 것처럼 고요함이 떠돌고, 침투하기 어려운 안정감이 나타나고 있다. 그 영역 속에서 그녀는 조금도 요동 없는 정숙한 표정을 머금고 있다.

그러한 그녀의 인생의 기저에 천식이라는 병에 근거하는 일종의 단념이 있는 것은 쉽게 상상할 수 있지만, 일반적으로 세속의 가치관과는 동떨어진 맑은 시선을 그녀에게 부여하고 있는 것 같다. 이전 별장에서 소년이던 〈나〉에게 죽은 애완 고양이를 땅속 깊이 묻어달라고 하고, 그녀는 「땅 속 깊은 곳에서 제대로 부패하지 않으면 빔이 불쌍해」라고 중얼거리며 눈물도 보이지 않고 덮어놓은 흙을 발로 단단하게 밟아주었다.

게다가 현재의 요양원의 풍경을 보고 그녀는 「죽음으로 덮여있지는 않아. 여기는 지나가는 길이야. 저쪽으로 가는 사람과 여기로 돌아오는 사람들에게 말이야」라고 말한다. 감상을 배제한 투철한 시선이 자수를 놓는 그녀의 영역에는 구비되어 있다. 일반적인 의미에서는 아마도 존재감이 희박한 인물일 그녀의 윤곽은 자신의 손끝을 바라보며 자수를 반복하는 구도로써 고요하면서도 뚜렷한 묘선으로 채색되어, 우리들의 감정기복과 감상에 의해 보기 어려운 생과 사의 본질을 몸소 가리키고 있다.

따라서 이러한 자수를 놓는 그녀와 〈나〉 사이에 관계성의 발전은 없다. 그녀는 다시 만나고 싶다고 이야기하지 않으며 감정의 고저도 나타나지 않는다. 어쩌면 감정의 동요는 있었을지도 모르지만 그녀의 감정억제는 완벽하게 이루어져 있다. 실제로 그녀는 침대커버의 자수를 마치고서 〈나〉에게 알리지도 않고 요양원을 떠나 고원의 별장으로 돌아간다. 이야기를 시간적인 전개 속에서 그려내는 것뿐만 아니라, 정물화와 같은 정지적인 표상의 데생에 의해 끝까지 읽은 후에 자수를 놓는 소녀의 초상이 뚜렷하게 부상하는 구조를 보이고 있다. 일반적인 눈으로 보면 고독한 인생을 보내고 있는 것 같은, 지속적으로 억제된 그녀의 내면을 선명하게 비추어 내고 있는 작품이다.

가도카와분코 판『자수를 놓는 소녀』의 「해설」에서 이지마 고이치는 수록된 10편 모두 〈잔혹한 이야기〉라고 말하고 있는데, 「자수를 놓는 소녀」 한편만 보더라도 주인공인 그녀의 생은 어떤 의미에서는 폐쇄된 막다른 장소에서 영위되고 있다. 바뀌지도 않을 것이며 바꾸려고 하지도 않는다. 단지 자수를 계속 놓는 행위가 미래의 시간으로 영원히 연장되고 있는 가운데에서 살아가는 것이다. 그것은

「숲 속에서 타는 무언가」의 청년과 「케이크의 조각」의 공주님, 「아리아」의 나이든 여자, 「제3화요일의 발작」의 여자의 생의 모습에도 꼭 들어맞는다. 그리고 그것이 실은 일견 비극으로 보이기도 하지만, 인간의 존재를 영원화하려는 방편의 하나라는 것을 작가는 살며시 전하려고 하는 것일지도 모른다.

『호텔 아이리스』
-두 방울의 시약-

시노노메 가야노

　초로의 번역가가 발하는 〈명령〉의 목소리가 한순간에 소녀의 마음을 사로잡는다. 그 목소리는 〈첼로나 호른, 그런 악기가 잠깐 울린 것 같은 착각〉을 그녀에게 불러일으켜 「창녀」라고 발하는 단어조차도 사랑스러운 느낌〉을 갖게 한다. 그런 〈아름다운 울림을 가진 명령〉을 그녀는 들은 적이 없었다ー. 『호텔 아이리스』는 그 〈명령〉의 목소리로 포문이 열린다. 〈나〉=마리(マリ)에 있어서 그것은 〈혼란한 공기 속을 뚫고 나오는 한줄기의 광선〉. 공포를 느끼면서도 〈마음속으로는 그가 내리는 명령을 다시 한 번 듣고 싶어한〉다. 그녀의 욕망의 대상은 남자의 육체가 아닌 〈명령〉의 목소리였다. 그의 목소리에 인도되어 작품 속에 전개되어 가는 것은 「SM적 사랑」이다. 그러나 간행 당시 책의 띠에 쓰여 있는 것처럼 〈「SM적 사랑」을 그린 충격의 문제작!〉이라고 이 작품을 정리할 마음은 없다. 여기서의 「SM적

사랑」은 표현되는 대상 그 자체가 아니라 무언가를 표현하기까지의 과정에 놓인 하나의 장치처럼 느껴지기 때문이다.

작가인 오가와 요코는 「유레카」 특별호(04) 인터뷰에서 다음과 같이 밝히고 있다.

> 인간과 인간의 관계를 그리고자 할 때, 무엇 하나만 찾아내면 쓰기 시작할 수 있는 그 시약 같은 것이 한 방울 필요합니다. 그것은 예를 들어 ……『호텔 아이리스』의 번역가라면 SM적인 성애자라는 것에서 시작하는 것이지요.

─《한 방울의 시약》으로써의 「SM적 사랑」. 방금 전 장치라고 하는 단어를 사용했지만, 「호텔 아이리스」에 있어서 확실히 주목되어야 할 것은 끈으로 세게 묶인 소녀의 일그러진 얼굴도, 거기서 흘러나오는 쾌락도 아니다. 주목해야할 것은 그러한 형태를 갈구하지 않고는 못 배기는 〈나〉=마리의 모습이 아닐까. 여기서 주목해야 할 것은 엄마의 존재이다. 오가와 작품에는 「얼어붙은 향기」(1998)와 「배영」(1996) 등, 엄마의 과잉된 애정 이야기가 담긴 작품이 몇 개인가 보인다. 「호텔 아이리스」에서 〈「SM적 사랑」을 그린 충격의 문제작!〉이라는 꼬리표는 일단 떼어내고, 모녀간의 애정=속박의 이야기라는 계보 속에서 작품을 생각해보고자 한다.

마리는 엄마의 속박 안에 놓인 소녀이다. 그 속박은 매일 아침 엄마가 마리의 머리를 묶어주는 행위로 표상되고 있다. 〈두피가 박박

소리를 낼 정도로 빗질을 하)고 〈머리카락 하나도 놓치지 않는〉 엄마의 〈지배〉 하에서 마리는 〈모든 자유를 잃어버린〉다. 마리와 번역가의 랑데부는 항상 그러한 엄마의 눈을 피해 몰래 이루어진다. 그러나 그 속박으로부터의 도주의 끝에 있는 것은 자유이면서도 자유가 아닌 또 다른 속박이라고 할 수 있다. 엄마의 지배/번역가의 지배라고 하는 구조는 작품세계에 있어 중요한 요소이다. 엄마의 지배에서 번역가의 지배 밑으로의 이행이, 〈호텔 아이리스〉에서 〈F섬〉으로 공간이동으로 인해 의도적으로 교체되어 있는 것은 명백하다. 그러나 피지배적 상황으로부터 다른 피지배적상황으로 이행하는 것에는 어떠한 의미가 있는 것일까. ― 비약하자면, 마리는 타자의 지배=속박 없이는 존재 할 수 없는 소녀이다. 그녀 자신이 지배와 속박을 갈구하고 있다. 그렇기 때문에 속삭임이 아닌 〈명령〉을 추구한다. 그것은 자신의 존재를 확인하기 위해. 무언가의 강요에 의해 끌어내어지는 자신의 윤곽을 오롯이 원하고 있는 것이다. 마조히스틱한 욕망은 결코 성적기호 속에서만 개화한 것이 아니라, 타자의 지배하에 스스로의 존재가치를 발견하려고 하는 그녀의 절실한 모습을 지탱하는 것이라고 생각된다. 이렇게 작품을 다른 시선에서 살펴보면 〈명령〉의 목소리를 향한 욕망이 그녀 자신의 존재욕구와 밀접하게 관련되어 있는 것을 알 수 있다. 그녀는 끈으로 묶여 육체의 자유를 빼앗김으로써 자기 육체의 존재를 실감하고, 입술과 혀와 손가락이 만져지는 것에 의해 〈나에게 어깨뼈와 관자놀이와 복사뼈와 귓불과 항문이 있는 것을 처음 느〉낄 수 있게 된다. 때로는 그녀는 인간이외의 다른 모습으로도 변화한다. 그녀의 윤곽은 번역가의 육체를 통해서 획득된다(그 과정은 〈윤곽이 무너져 가는〉 번역가와 좋은 대조를 이루고 있다). 거기서는 관능을 북돋는 〈습곡의 깊숙한 어두움〉을 향한 애무도 일종의 비유로써 기능한다.

반복하지만, 여기서 잊지 말아야 할 것이 그러한 「SM적 사랑」의 쾌락을 뒤편에서 지지하는 어머니의 존재이다. 마리가 반복하여 〈당신의 귀여운 마리는 인간의 가장 추악한 모습을 드러내고 왔어〉라고 마음속에서 중얼거리는 것처럼 번역가와의 행위가 소녀에게 있어서 자극적인 까닭은 엄마에 대한 배신감에 있다. 여기서 이러한 역설이 성립한다. 마리가 번역가에게 보인 마조히스틱한 욕망은 엄마에 대한 새디스틱한 반항적 욕망의 표현이었다는 것. 육체적으로 번역가와 엮이면 엮일수록, 그녀의 정신은 엄마의 곁으로 돌아가려고 하고 있는 것이라고.

그러나 그 쾌락을 둘러싼 게임은 폭풍우 치는 밤에 번역가가 마리의 머리카락을 잘라 버리는 것으로 갑자기 결말을 맞이해 버린다. 다음날 아침, 경찰이 그녀를 발견하지 않아도 아마 이야기는 끝나버렸을 것이다. 엄마와 마리와의 지배/피지배 관계를 잇고 있던 머리카락을 잘라버림으로 번역가는 스스로의 존재 의의도 무효화해 버린 것이니까.

〈호텔 아이리스〉와 〈F섬〉과의 공간이동에 대해 앞에서 다뤘지만, 이 작품 뿐 만아니라, 오가와 작품에 있어서는 의도적인 장소=공간의 설정이 이야기의 구조 그자체가 되는 경우가 많다. 주인공들은 일상적 공간에 있으면서도 닫힌 비일상적 공간(예를 들어 표본실, 유리병, 육각형의 작은방)에 마음을 뺏긴다. 그리고 그 공간에 유인되어 삼켜진다. 피안으로 건너간 등장인물들을 둘러싼 이야기는 〈지금은 없는〉 자로서 몸을 감춘다. 〈동굴〉 깊숙이 조용히 조각된 그들의 〈잊혀져버린 이야기〉를 오가와가 해독하고 독자에게 제시한다―. 〈동굴〉의 비유는 오가와 자신이 한 것이지만(앞의 책), 정확한 표현이라고 생각된다.

마리도 또한 〈F섬〉이라고 하는 폐쇄된 공간에 매료된 한사람이지만, 다른 작품(예를 들어 「약지의 표본」이나 「냄새 수집」(2001, 『눈꺼풀』수록)과 크게 다른 점은 저쪽 세계=피안으로부터 이쪽으로 다시 돌아온다는 결말일 것이다. 주인공을 저쪽 세상으로 빨려들어 가게 한다고 하는, 오가와 작품의 특색이기도 한 일종의 잔혹함은 여기에서는 모습을 보이지 않고, 마리는 〈수색원〉, 〈경찰〉이라는 매우 현실적인 기구에 의해 이쪽으로 돌아오게 된다. 조사원, 정신과의, 상담사까지 등장하는 마지막 부분에서 지금까지의 우화적 작품세계는 와르르 무너지며, 최종적으로는 엄마의 속박으로 돌아간다고 하는 결말이 그녀를 기다린다는 구조로 이루어져 있다. 그러나 그 돌아감 자체는 마리에게는 고통이지는 않았을 것이다. 엄마의 속박은 그녀의 윤곽을 유지하는 지대한 기반이기 때문에. ―진정한 잔혹함은 오히려 그 뒤에 자근자근 소녀에게 다가붙는다. 엄마와 마리의 관계를 연결하고 있던 머리카락. 번역가가 잘라버린 긴 머리. 10개월 이상 걸려서 간신히 원래대로의 길이로 자랐지만, 〈엄마는 더 이상 머리를 묶어주려고 하지 않았다〉고 한다. 엄마도, 남자도, 소녀의 존재를 지지해줄 것은 어떤 것 하나 없다. 저승과 이승 사이의 바다에 침몰한 남자처럼, 그녀도 또한 돌아갈 장소를 상실해 버린 것이다. 소녀에게 있

어서 그것이 얼마나 잔혹한 일이었는지는 상상하기 어렵지 않을 것
이다.

『부드러운 호소』
- 말이 없는 감정 -

우에다 가오루

　음악이라는 것은 어떠한 내면세계라도 동등하게 채워가는 힘을 갖고 있다. 개념에 의한 차별로부터 자유로운 이 파동은 조금도 문제의 시비를 묻지 않기 때문이다. 단지 그 주변에 침묵하는 영혼만 있다면 말이다. 왜 울고 있는 것인지, 왜 고개를 숙이고 있는지 무엇을 생각하고 있는지를 음악은 묻거나 하지 않는다. 단 소리의 파도에 진동하는 감정이 거기에 있다면 더할 나위없다. 파도가 몰려오면 침묵은 하나의 상념으로 바뀐다. 사상이 없는 상념으로. 그렇다, 음악은 우리들이 짊어진 문제를 푸는 것이 아니라, 문제를 그대로 전개해 버린다. 그리고 우리들의 마음을 채우는 파동은 우리들의 감정 그 자체를 바꾸어 버리는 것이다.

　주인공인 루리코(瑠璃子)는 결혼 15년차인 어느 날 집을 나온다. 안과의사인 남편에게는 애인이 있으며, 가정폭력도 있었다. 사람 마음이 계절처럼 모르는 사이에 움직이고, 지금은 마른 들판처럼 적막하고 무료함만 남아있다. 대화를 하면 그 적막함이 증오로 바뀔 뿐이다. 어째서 일까. 부부사이에 있어야 할 배려가 거기에 없기 때문이다. 왜 상냥함의 작은 조각도 없는 것일까, 하고 …… 그리고 증오가 밀려 올라온다. 무료함과 외로움은 그것만으로도 상대의 존재를 부정하는 데에 충분하다. 배려의 마음을 결여한 어떠한 말도 암묵의 싸움을 준비한다. 말이라고 하는 것은 감정의 버팀이 없으면 바로 사람을 상처 입히는 무기가 되어 버린다. 그러므로 논의가 인간의 이해를 깊게 한다는 말의 반은 거짓말이다. 사람과 사람의 이해는 쌍방이 추렴하는 배려의 감정에서 나타나는 것이다.

닛타(新田)와 가오루(薫)는 루리코가 방문한 별장 근처에서 악기 쳄발로를 제작하고 있다. 닛타는 피아니스트를 목표로 했었지만, 병 때문에 연주가의 길을 포기하고 쳄발로 제작자가 되었다. 오랜 망설임의 시간을 거쳐 지금은 아내와도 이혼하고 혼자서 생활하고 있다. 가오루는 약혼자의 자살이라고 하는 마음의 상처를 잊기 위해서 반 년 전부터 닛타에게 쳄발로 제작을 배우고 있다. 이 두 사람은 쳄발로와 음악을 통해서 자연스럽게 깊은 연대감을 갖고 있었지만, 거기에 루리코가 나타난다는 설정이다. 각각의 과거를 가진 세 사람의 만남을 그리는 이 이야기가 자연스럽다거나 부자연스럽다고 말해봤자 소용없다. 읽어보면 이 작품이 작가의 역량을 충분히 표현하고 있다는 것은 분명하다. 단지 이런 작품은 비평가의 평판이 나쁘다. 왜냐하면 이것도 또한 무수한 연애소설의 하나라고 확실히 말할 수 있기 때문이다. 이혼, 아방뛰르(정사), 여자의 자립. 말하자면 딱 이 이야기이다. 어디에도 있는 무엇도 덧붙일 수 없는 사건을 두고 비평가는 무엇을 말하면 좋다는 말인가. 특별히 아름답지도, 슬프지도 않는 감정이 움직인다. 오가와는 그러한 평범한 감정을 라모*의 곡에 위탁하여 말이 없는 음악에 해석을 위임하고 있다. 여기에는 음악에 대한 오가와의 예민한 감각이 움직이고 있는 데, 이 점이 작가로서 책임회피인지 아닌지는 모르겠지만, 또한 일개독자로서 개인적으로 크게 신경 쓸 일은 아니다. 어찌되었건, 라모의 쳄발로 곡에서 가져온 「부드러운 호소」라는 제목이 하나의 상념을 확실히 제시해준 것은 확실하며 그 부분이 중요하다고 생각된다.

젊은 시절부터 J.S.바흐의 곡을 굴드**의 연주로 듣는 것을 좋아했지만 라모의 곡은 들은 적이 없었다. 일반적으로 바로크음악은 자유로운 선율에 익숙한 현대인에게 있어서 너무나 양식적이고 장식이 많다고 생각되기도 한다. 확실히 바로크음악은 모두 일정한 양식을 따르고 있어서 베토벤이나 쇼팽의 음악처럼 강렬한 개성을 느끼기 어렵지만, 그렇게 느끼는 것은 곡을 반복해서 듣게 되지 않기 때문이다. 이것은 다른 시대의 감정과 감각을 나타내는 음악인 것이다. 바흐의 곡도 그렇지만 귀에 익숙해져 있지 않기 때문에 한번 들은 것만으로는 모두 같은 곡으로 들리게 된다. 그러나 몇 번인가 듣고 있는 동안 곡의 선율을 확실히 짚어갈 수 있게 된다. 만약 한번 이 벽을 넘을 수 있다면 근·현대인이 그리는 인간의 감정보다 더욱 깊고

---

* 장 필립 라모(Jean-Philippe Rameau, 1783 - 1864년) 프랑스의 오르간 연주자
** 글렌 굴드(Glenn Herbert Gould, 1932 - 1982년) 캐나다의 피아노 연주가

확신에 찬 사랑하는 방법과 살아가는 방법이 그려져 있음을 알아챌 수 있을 것이다.

라모의 쳄발로 모음곡이 언제부터 「부드러운 호소」(=Les tendres plaintes)라고 불리게 되었는지는 알 수 없지만, 이 타이틀은 그 곡상에 딱 맞는 제목이다. 그렇지만 과연 누구의 「부드러운 호소」인걸까, 루리코, 아니면 가오루인가. 그러나 루리코의 사랑방법은 억지스럽고 히스테릭하며, 그녀는 「부드러운 호소」를 다만 곁에서 듣는 수밖에 없다. 「부드러운 호소」는 언제나 가오루가 연주하고 있다. 그리고 닛타는 루리코를 위해서는 결코 「부드러운 호소」를 연주하지 않았다. 루리코는 닛타와 관계를 맺을 수 있었지만, 「부드러운 호소」를 서로 속삭일 수는 없었던 것이다. 아마도 작가는 이렇게 두 개의 사랑방법에 대해 나누어 그려내려고 했던 것이라고 생각된다.

바로크음악은 정형의 양식을 무시하고 감정을 표현하는 경우는 없다. 우리들에게는 친숙하지 않은 표현이다. 우리들은 루리코처럼 직접적으로 감정을 나타내고 자신의 요구를 내민다. 루리코는 닛타에게 「나만을 위해서 쳄발로를 연주해 줘」라고 한다. 그리고 루리코는 닛타를 손에 넣었지만, 가오루처럼 부드럽게 호소할 수 없었던 것이다. 이 감정표현과 바로크음악의 표현법은 매우 잘 호응되고 있는데, 이 시점에서 본다면, 닛타와 가오루의 성격과 인물의 윤곽이 그다지 잘 그려져 있지 않은 것처럼 생각되는 것은, 독자들에게는 루리코와 같은 감정표현에만 익숙하기 때문이기도 하다. 성격이 상세하게 묘사되어있는지 아닌지에 대해서 현대적인 감각에서만 바라본다면, 닛타라고 하는 남자의 성격도 단순히 부정적으로 밖에 이해할 수 없게 된다. 왜 좋아하지도 않으면서 루리코를 안았는지 독자입장에서 추궁할 수도 있다. 그러나 여기서도 성관계나 찰나의 감정에 대해서 바로 무언가의 가치에 결부하는 사고의 리듬을 다르게 바꿔본다면, 무표정한 닛타라고 하는 남자를 다루는 리듬이 부자연스럽지도 아무렇지도 않게 된다. 생(生)이라고 하는 것은 본래 더욱 완만하고 애매하게 움직이는 것이다. 루리코의 남편이 선택한 새로운 생활도, 남편과 헤어져서 캘리그라피 작가로 자립하려고 하는 루리코의 생활도, 그 자체는 드라마틱하지도 아무렇지도 않은 표정이 결핍된 생활이다. 루리코가 번역하고 있던 영매사의 생애처럼 무수한 사건으로 점철된 인생은 극히 드물다. 그러나 극적인 인생이 반드시 인생으로서 충실하다고도 할 수 없다.

20대의 어느 시기, 우선 사소설(私小說)***을 읽을 수 없게 되고 노래도 들을 수 없게 되어 클래식만 들었던 적이 있다. 그 시절에는 의미가 주어진 모든 감정을 저주하고 있었다. 단지 어찌할 바 모르는 이 감정을 감정이라고 인정하고 싶었다. 감정을 의미로 환원하는 것은 감정에 대한 모독이라고 생각되었던 것이다. 감정은 결코 의미와 가치를 갖지 않는다. 그것은 단순한 존재로서 시비를 논할 사안은 아니다. 좋던지 나쁘던지, 호의를 사던지 미움을 받던지 그 감정은 존재한다. 그러한 수용방법을 허락하는 것은 음악밖에 없었던 것이다. 음악은 결코 사람을 단죄하지 않는다. 왜냐하면 음악은 의미를 언급

*** 일본근대소설에서부터 나타나며 작가가 직접 경험한 사건에서 소재를 얻어 체험 그대로 쓰인 소설을 가리키는 용어

하지 않기 때문이다. 가오루의 닛타를 향한 마음이 어느 정도인지 「부드러운 호소」는 추궁하지 않는다. 쳄발로의 균일한 소리는 단지 화음과 선율에 의해서 존재와 지속을 증명해갈 뿐이다. 쳄발로를 연주하는 가오루는 한 음도 바꾸지 않고 라모가 남긴 선율을 따라 간다. 그것이 어째서 자신의 마음을 나타내는 것이 되는지를 가오루는 생각하지 않을 것이다. 그리고 마지막 건반을 두드린 후의 여운이 자기 자신의 마음에 호소하고 있는 것인지, 아니면 사랑하는 상대에게 호소하고 있는 것인지 스스로도 알 수 없는, 그러한 감정을 오가와는 그려냈다고 생각한다.

『얼어붙은 향기』

야마구치 마사유키

루키(rookie)라고 불리는 이 소년은 어쩌면 배용준과 같은 느낌이었을지도 모른다. 꼭 그런 느낌이다. 실제로 고등학생인 루키에게는 선별된 사람이 갖는 특별한 반짝임이 있었다. 〈하늘로부터의 광채가 그 사람만을 향하여 한줄기 비춰오는 것 같아. 아아, 나도 거기 가까이 가서 그 온기를 느끼고 싶다고 생각하게 하는……)같은. 거의 신의 아들이라고 해도 좋다. 루키를 좋아하는 것은 우선 「여성」일 것이다. 형제인 남동생을 빼고는 상사에서 시작하여 여자친구, 고등학교 시절의 동기나 모든 그의 주변에 있던 것은 「여성」이다. 물론 그 엄마도 포함해서―. 16세일 때 그와 만난 스기모토 후미코(杉本史子)는 루키의 매력을 〈빛〉과 〈온기〉로써 이야기하는데, 그것은 정말로 「이성」을 뛰어 넘은 레벨에서인가. 오히려 루키가 수학에 전념하게 된 것도, 그것을 그만 둔 것도, 조향사가 되어 세속에서 어떤 의미로 격리된 것 같은 생활을 보낸 것도, 그리고 마지막으로 이해하기 어려운 자살로 생을 마감한 것도, 결국 그의 주변에 있던 「여자」들 때문

133

은 아니었을까. 마지막으로 그가 맹학교에서 더부살이를 7년이나 했다는 게 밝혀지는데, 그 때 처음으로 기숙사주임으로부터 아이들, 직원들에게도 〈모두가 그를 따르〉던 모습이 그려져 간다. 그리고 그는 〈새로운 공부를 시작하고 싶어서〉 학교에서 나간다고 했다. 자살한 남자친구의 과거를 둘러싼 여주인공인 〈나〉 료코(凉子)의 여행은, 26세에 새롭게 여행을 떠나고자 했던 젊은이의 출발을 확인하는 곳에서 갑자기 이렇게 끝난다.

〈나〉에게 무엇이 남았을까. 글자 그대로 그 〈얼어붙은 향기〉는 〈나〉의 집착에 의해 녹아내리기 시작하고, 생생했던 이전의 좋은 향기까지 감돌게 된 것일까.

「향기는 항상 과거 속에만 있는 거야」

처음 데이트 때, 이전 루키라고 불렸던 히로유키(弘之)는 마침 이렇게 말한다. 조향사라는 직업을 갖게 된 특별한 능력을 몇 개인가 알려주면서, 그는 향이라고 하는 것이 본질적으로 「기억」하고만 연결된다는 사실을 아무렇지도 않은 듯 그녀에게 말했다. 그것은 대체 왜였을까. 마침내 자신의 손으로 생을 마감한 후, 료코에게 루키로서의 과거와 기억을 더듬어가게 하기 위해였을까. 그렇다고 한다면, 그것은 꽤 잔혹한 것은 아닐까.

루키의 과거는 체코의 프라하에 있었다. 16세일 때, 스기모토 후미코와 참가한 세계 고등학생수학콘테스트. 여기에서도 수험수학에 얽매여있는 다른 일본대표의 고등학생들과는 다르게, 히로유키는 뛰어난 실력을 나타냈다. 그의 활약에 의해 목표의 순위달성도 꿈이 아니라고 생각되었을 때, 사건은 발생했다.

수학콘테스트재단 유럽지부가 된 베르트람카장(#)이라는 숙소에서 이틀째 점심시간, 갑자기 헝가리 선수가 커피에 독극물이 들어있다고 소동을 부리기 시작한 것이다. 헝가리인의 남학생은 그대로 병원에 실려 간다. 커피 컵에서 극소량의 식기세정제가 검출되었다. 조리사가 제대로 설거지하지 않은 〈그뿐으로 그 외의 어떤 사건도 아니다〉라고 종결되었지만, 사건의 다음날, 히로유키가 자신이 커피에 세제를 넣었다고 단장에게 〈고백〉한다. 그 때문에 그는 기권을 하고 황급하게 귀국해 버린다.

그 일은 좀처럼 믿기 어려웠다, 라고 당시의 참가자였던 스기모토 후미코는 〈나〉에게 말하기 시작한다. 이미 멀고 먼 과거의 일이다. 스기모토는 히로유키와 알게 된 후, 바로 첫 키스 같은 것을 하게 되었지만 귀국 후에 루키와의 연락은 결국 이루어지지 않았다. 〈나〉에게 듣기 전까지는 성장한 히로유키가 조향사가 되었던 것도, 자살한 사실도, 물론 알 리가 없었다. 〈나〉는 루키라고 하는 천재적으로 수학을 풀어내는 이전의 히로유키를 알아가는 과정에서 다른 한 여자의 얼어붙은 향기를 만나게 되는 것이다. 그러나 지금의 〈나〉에게는 질투의 대상이 되지 않는다. 왜냐하면 지금의 료코에게 있어서 〈루키의 과거에 관련된 것이라면 뭐든지 알고 싶다〉라는 생각이 우선시되고 있기 때문이다. 그러기위해 그녀는 일부러 스기모토 후미코가 살고 있는 센다이(仙台)까지 가는 것이다.

그리고 료코의 여행은 프라하로 확대된다. 〈빈 슈베하르트 국제공항에서 프라하의 환승비행기는 5시간이나 늦어졌다. 어째서 이렇게 된 것일까. 누구에게 물어도 사실을 알려주지 않았다. 진절머리가

난다는 식으로 목을 움츠린다든가 알아듣지 못하는 말을 빠르게 나열할 뿐이었다)처럼 지금 료코라는 주인공을 둘러싸고 있는 것은, 말이 통하지 않는 다른 나라에서의 상황과 같이, 이유를 알 수 없는 상황이었다. 그런 속에서 료코는 히로유키를 떠올린다. 그것은 무엇보다 파트너로서 그가 담당했던 〈계산한다〉고 하는 〈역할〉에 대해서였다. 어떤 종류이건 그것은 누군가의 생년월일을 서력으로 고친다든가 출장비의 합계를 낸다거나, 볼링의 스코어나 택시의 잔돈까지 세세한 것에도 미친다. 그렇지만, 여기서 그녀가 떠올리고 있는 것은, 실은 이러한 구체적인 사항이 아니다. 그녀가 제대로 기억하고 있는 것은 그 계산의 답을 풀어내는 그의 모습, 그 〈결코 강요하려고 하지 않고, 조금도 자랑하려는 모습이 아니며 오히려 미안하다는 것처럼 보였다)라고 하는 히로유키의 타고난 조심스러운 태도에 대해서이다. ―네가 곤란해 보이니까 말해버릴게. 혹시 쓸데없는 참견이라면 용서해줘. ―

이렇게 16세 때의 루키와 다르지 않다는 것은 스기모토 후미코에 의해 증언된다. 그녀의 눈에 비친 루키는 정답을 낼 때마다 역시 〈그렇게도 죄송하다는 식의 사람〉이었다. 그렇다면 그러한 사람이 어째서 외국선수를 그런 식으로 비열한 수단으로 위기에 빠뜨리려는 흉내를 낼 수 있었던 것일까.

두 여자가 생각하는 것은 당연히 루키는 잘못이 없다는 것이다. 당시 고등학생이었던 스기모토 후미코에게는 그것을 증명할 수 없었다. 그러나 단지 1년뿐이었다고는 해도 히로유키의 동생 아키라(彰)에게 이미 〈형수님〉이라고 불리고 있는 〈나〉에게는 반드시 확인할 필요가 있는 사항이었음에 틀림없다.

〈나〉는 이렇게 진상을 알아간다.

체류하고 있던 호텔의 여주인에 의해 〈나〉는 콘서트 티켓을 건네받는다. 장소는 이전 수학콘테스트가 있었던 베르트람카장의 대강당이었다. 〈나〉는 현지에서 고용한 가이드와 함께 그리로 간다. 그리고 〈나〉는 우연히 15년 전 즈음에 동일하게 식사서빙을 했었다는 노파를 만난다. 바로 그녀가 커피 컵 세제를 잘 닦아내지 않은 「조리사」였다. 그녀는 확실하게 말한다. 당시 세제는 고가였기 때문에 컵은 모두 물로만 헹궜다. 그리고 그녀는 테이블 위에 놓인 컵에 수상한 행동을 하던 누군가를 목격했다.

히로유키가 자살을 한 후에, 료코는 히로유키의 도움으로 그들 형제가 태어나서 살던 집에서 며칠간 지내게 되었다. 거기는 음대의 북쪽에 위치한 주택지로, 일본양식의 일층 집에 이층의 서양관을 증축한 저택이며, 정원에는 아무것도 없는 온실이 하나 남아있었다.

루키가 후에 발휘하게 된 냄새의 식별은 어릴 적 여기서 꽃향기 맡기 놀이에서 유래한다. 의사였던 아버지는 이제는 없고, 거기에는 어린 시절 루키가 받아온 트로피에 둘러싸인 한명의 고독한 영혼을 가진 여성이 있다. 말할 필요도 없이 루키의 엄마다. 엄마는 이미 루키 남동생의 도움이 없이는 일상생활을 유지할 수 없을 정도로 정신적으로 약한 상태였다.

〈나〉가 베르트람카장에서 이야기를 들었을 때, 뇌리에 떠오른 범인의 모습이 이 엄마였던 것은 결코 아니다. 하지만 결과적으로 범인은 이 엄마였다. 이 사실은 위의 노파의 목격담에서 확실해진다.

　노파가 식당에 들어왔을 때 외부인을 발견한다. 노파가 소리를 내자 그 여자는 뒤를 돌아보고 달려 도망갔다. 노파가 소리를 낸 것은, 모르는 사람이라서가 아니었다. 선명한 노란색의 민소매 원피스의 등에 단추가 두 개 열려있어서였다. 노파는 알려주려고 말을 건 것이었다.

　그리고 거기에는 주도면밀한 악의가 있었다. 왜냐하면 이 노란색 원피스는 히로유키의 엄마가 환영파티 때 스기모토 후미코에게 일부러 빌려주었던 것이기 때문이다. 그것도 고의로 등의 단추를 열어 놓은 채로 파티에서 스기모토 후미코에게 입혀놓았던 것이다. 17세의 다감한 후미코는 〈히로유키 엄마가 짓궂게 장난친 것이다〉라고 생각하게 된다. 그러나 후미코는 히로유키의 엄마에게 더욱 한없는 악의가 도사리고 있었던 것은 알지 못하고 있다.

　지금은 누군가의 도움이 필요할 정도로 쇄약해진 엄마에게는 아마도 이미 깊은 정신적인 병이 있었던 것이다. 혹은 아들을 맹목적으로 사랑하는 모성의 소행인 것일까. 히로유키의 엄마가 한 행위는 헝가리인의 남학생을 대회에 출장 못하게 하는 것보다 이러한 비열한 행동을 한 범인을 특정화시키려는 의도 밖에 없다. 즉, 그녀의 목적은 수학 국제콩쿠르에서 히로유키의 성과를 위해서 방해물을 배제하려고 했다 하기 보다는 자신의 사랑하는 아들에게 접근하려는 매력 있는 동급생의 여학생을 두 번 다시 일어설 수 없는 파멸로 인도하려던 것이 틀림없다. 당시 16세였던 스기모토 후미코가 파티가 중에 단추가 열려있던 것도 알려주지 않았던 아줌마의 〈짓궂음〉을 느끼면서도, 그 진정한 악의를 알아차리지 못한 것은 무리도 아니다.

어째서 금방 알게 된 남자아이의 엄마로부터 어쩌면 누명을 쓰게 될 처사를 받지 않으면 안됐던 것일까. 그것도 국제적인 영광스러운 무대에서.

지금, 당시에서 보자면, 두 배정도의 연령이 되어 정식으로 결혼은 하지 않았지만, 적어도 남성으로 성숙한 루키를 사랑하는 〈나〉는 그 엄마에 의해 자행된 죄의 무게를 충분히 느껴 낼 수 있다. 언제나 정확함을 추구하던 히로유키가 그 뒤로 루키가 되는 것을 일부러 그만두고, 수학에서 눈을 돌려버리는 것은 분명히 이 사건이 계기가 되지만, 그가 거기서 정말로 버려 버린 것은 사람을 사랑하는 힘이었을지도 모른다. 그것을 어떠한 오래된 허물처럼 짊어진 루키의 숨겨진 모습은, 상실한 지금을 살아가는 〈나〉에 의해 하나씩 도표화되어 가며, 독자의 마음에 투명한 인상을 빛처럼 새겨가는 것이다.

오가와 요코(小川洋子)의 문학 세계

『과묵한 시체 음란한 애도』

- 애도의 공동체 -

다케다 에리코

『과묵한 시체 음란한 애도』는 1998년에 출판된 단편집으로 같은 해에 발표된 장편『얼어붙은 향기』와 동일하게 상실의 이야기, 애도의 이야기이다. 죽은 사람을 애도에 의해 그 상실된 것을 성스러운 영역으로 돌리고, 자신은 일상으로 돌아온다. 남은사람에게 누군가의 죽음은 애도를 필요로 하는 것이다. 본래라면 그렇지만, 오가와 요코가 그리는 애도는 다른 양상을 띠고 있다. 작가도 후기에서 〈11개의 애도 이야기〉라고 부르는 이 단편집은 같은 동네에서 일어난 일을 그리면서 하나의 이야기로서 엮지 않고 각자가 각각의 장소에서 조우하는 도리에 어긋나는 생각을, 부당한 사건의 경험을 비합리한 그대로 그려간다.

애도에 대해서 작가는 〈음란한〉이라는 형용사를 붙인다. 슬퍼하고 애도하는 행위는 사람의 능력을 넘어선 죽음에 대해 사람들이 행하는 엄숙하고 신성한 행위이며, 본래 〈음란한〉것과는 정반대이지만, 이렇듯 〈음란〉하게 되는 것은 이들 단편 속에서 애도를 하는 중에 죽음에 의해 절대적으로 상실한 것을 여전히 원한다고 하는 바람의 반영이 나타나기 때문이다. 이 과잉된 바람, 욕망을 작가는 〈음란〉하다고 명명한다. 과묵하게 대답하지 않는 죽음에 대해 남겨진 자는 흐트러지고 음란하게 된다.

11편 중 첫 단편 「제과점의 오후」도 부당한 죽음의 슬픔에 대한 이야기이다. 6세의 아들이 사고로 냉장고에서 나오지 못하고 죽게 된다. 어린 아들의 죽음을 충분히 슬퍼할 수 있는 인간은 없다. 엄마는 해마다 생일에 조각케이크를 산다. 이 이야기 속에서는 아들을 찾는 잘못 걸려온 전화가 하나의 애도로 나타난다. 그녀는 아들에게 걸려온 전화인 것처럼 여기며 응대한다. 상대도 아들과의 고등학교 시절의 추억을 얘기한다. 아들은 사고에 의해 우연히 죽었다. 이유도 없이 우연히 죽었기 때문에 그녀는 괴로워하며 본래의 애도에서 멀어져 있다. 때문에 우연한 위로를 받는 것, 우연한 사건을 받아들이는 것은 우연의 죽음을 본래의 것이 아닌 것으로 받아들이는 치유의 손길이 된다. 그것은 본래의 신성하게 죽은 자를 돌려보내는 애도가 아니다. 이 엄마는 아들의 죽음을 극복할 수 있는 의지가 없으므로 거기에 음란함이 있지만, 애도는 우연한 사건에 동조되어 음란하기는 하지만 또 다른 애도의 사건이 된다.

어떠한 애도가 행해지는 것일까. 네 작품 째까지의 예를 찾자면 「제과점의 오후」에도 나타나는 〈우연한 사건〉을 그 하나로 볼 수 있다. 「잠의 요정」에서는 브람스의 「잠의 요정」이 노래로 불리는 것이 그렇다. 우연의 일치로 죽음을 다른 방향으로 가져가는 힘이 있는 것처럼 말이다. 또한 〈불가사의한 일〉과 조우하는 경우가 있다. 〈과잉〉도 그 하나여서 「과즙」에서의 많은 키위가, 「토마토와 만월」에서는 수많은 토마토가 갑자기 어떤 이유도 없이 그곳에 나타난다. 그러나 그것은 당연하며 필연인 것이다. 왜냐하면 죽음 자체가 갑자기 나타나는 것이기 때문이다. 과잉인데다 이상한 것은 「노파J」의 채소밭에서 사람 손 모양의 당근이 지천으로 자라나는 이야기이다. 그후에 노파의 남편이 사체로 발견되는데, 인간의 손 모양을 한 당근이 자라난다고 하는 의미는 합리적으로는 생각할 수 없다. 즉 이 이상한 사건은 사람이 죽어버리는 것과 마찬가지로 이유가 없다. 여기서는 이 세상에서 병행하는 현상이 일어나는 것, 어떤 것도 일어나지 않을 것 같은 이 세상에 있어서 이상한 일이 일어나고 그것이 죽음의 대체물이 되는 것, 그리고 그것을 실감함으로 인해 애도가 된다. 죽음이 불합리하기 때문에 이유를 갖는 사항이 아니며 이유가 희박한 등가물이 나타남으로써 〈슬픔〉이라고 하는 언어로는 표현하기 어려운 감정의 표출이 된다.

항상 대체행위가 이루어지는 것은 아니다. 다섯 번째 작 「백의」와 일곱 번째 작 「고문 박물관에 잘 오셨습니다」에서 애도와 죽음은 역전되어 있다. 주인공 여성들은 연애의 실패로 고통스러워하고 있다. 그녀들의 마음은 너무나 상해있기 때문에 그에 상응하는 죽음을 추구한다. 「백의」의 주인공은 실제로 상대를 죽이고, 「고문 박물관에 잘 오셨습니다」의 미용사는 연인에 대한 마음이 통하지 않는 것을 고문기구를 바라보는 것으로 해소하려고 한다. 애도는 죽음에 대해서 뿐 만 아니라 죽을 정도의 슬픔까지 확대해서 그것을 애도하기 위해 죽음을 초래한다, 즉 죽음 자체가 애도가 된다. 애도의 정의가 넓혀져 간다.

단편집 후반에 일련의 〈아저씨〉가 등장하는 이야기에서 아저씨는 벵골호랑이의 임종을 지켜보게 된다. 이것은 호랑이를 신성한 곳에 돌려보낸다고 하는 본래의 애도이지만, 그 벵골호랑이의 임종을 지켜본 또 한사람은 「백의」의 주인공이 죽인 의사의 아내이다. 작품마다 등장인물이 겹치고 있는 것은 암시되어 있지만, 여기까지 오면 그 관계는 충분히 명시적이 된다. 그리고 어떤 단편에서는 소용돌이 속 인간이 다른 단편의 애도에 우연히 있게 되어 그것을 지켜본다, 라는 형태도 볼 수 있다. 이야기의 틀에 걸쳐서 인물이 등장하는 것을 생각한다면 소설 전체가 애도의 공동체로 볼 수도 있다.

본래 죽음이란 그 사람의 인생을 확정하여 그것에 의해 그 사람이 어떤 사람이었는지를 결정할 때이다. 때문에 죽음으로써 그 사람의 정체성을 완성한다. 그러나 공동체 안에서는 서서히 누가 누구를 애도하고 있는지가 애매해 진다. 「토마토와 만월」은 특히 누구를 혹은 무엇을 애도하고 있는지를 잘 알 수 없는 작품이다. 이상한 아줌마가 등장한다. 그녀는 호텔 종업원으로부터 무시당하는 존재감정도 밖에 없는데, 6세의 아들을 데리고 동물원에 간 일화에서 생각하면 작가가 된 「잠의 요정」의 젊은 계모와 동일인물처럼도 보이지만, 그녀가 썼다고 주장하는 책의 작가는 모두 사망해있다. 또한 보통 자신의 소설원고를 가지고 다닐 텐데 그녀가 남긴 보자기 속의 원고는 모두 백지였다. 그녀는 누구인가. 추궁해도 꼭 맞는 대답은 나올 수 없다. 이 작품에서 인물의 정체성은 한꺼번에 윤곽을 잃는다. 더 이상 「제과점의 오후」에 있던 〈아들이 아니면 소용없어〉라는 애도의 차원은 사라진다.

정체성이 명확한 윤곽을 갖지 않은 채로 애도의 행위만이 계속되어간다고 하는 것은 무슨 의미일까. 애도의 공동체 속에서는 슬픔은 교환되고 모든 애도의 행위는 타인을 애도하기 위해서이기도 하다. 고유의 애도라고 하는 의미자체는 희박해 지고 우연히 발생하는 일, 거기에 마치 있는 일이 애도행위의 일부를 이룬다. 그리고 서로 위로하는 일도 없이 서로의 존재에 의해 위로의 행위가 이루어져 간다.

마지막 단편은 「잠의 요정」의 시어머니의 장례식에서 시작하는 이야기인데, 제일 처음 단편과 호응하고 있다. 처음 단편의 어린 아들의 죽음은 음란한 희망을 초래하게 했지만, 마지막 이야기는 노부인의 이야기로 청년의 목소리에 매료되어 늙은 몸에 부여된 것 보다 넘치는 욕망을 가지고 살기를 바라는 그녀가 애도하는 것은 자기 자신이다. 그녀가 죽어있는 모습은 처음 단편에서 남자아이가 냉장고 속에서 죽어있는 것과 동일하여 슬픔과 괴로움이 가장 음란한 애도를 부른 첫 순수함을 상기시키는데, 그녀의 애도에는 우연히 같이 있게 되는 인물이 그려져 있지 않다. 애도의 공동체에서 분리된 그녀가 보게 되는 것은 그녀 자신의 죽음이다. 그녀의 죽음은 달리 애도하는 누군가가 없다는 점에서 가장 잔혹하다. 어떤 죽음에 대해서 주어지는 누군가의 애도, 그것이 없을 때의 고독, 그것을 시사하며 이 연작은 마무리된다.

우연성을 기점으로 애도한다고 하는 행위가 서서히 넓혀져 가지만, 마지막에 작품에 나타나있는 내용을 놓치면 안 될 것이다. 독자도 또한 우연히 이 책을 들고 읽는 것으로 그 공동체의 일원이 된다. 위로의 연쇄는 우연히 그 장소에 있는 우리들 독자에게도 그러한 바통을 넘겨주는 것이다. 또한 이 책을 면밀한 필치로 그려낸 작가도 이 책을 쓰는 행위자체가 애도였을지도 모른다. 그것을 읽은 독자가 이 작품을 하나의 우연으로써, 하나의 과잉으로써, 또 하나의 이상한 사건으로써 맞닥뜨렸다고 한다면, 그것도 또한 위로의 행위인 것이다. 이 책을 넘기며 독자와 작가의 욕망이 포개져 서로 위로하는 곳에 오가와 요코를 읽는 음란한 쾌락이 있다고 할 수 있을 것이다.

『과묵한 시체 음란한 애도』
- 복잡한 수수께끼 -

다무라 요시카쓰

흥미로운 두 사람의 발언

단행본『과묵한 시체 음란한 애도』는 1997년 3월 「제과점의 오후」(「슈칸 쇼세쓰」) 등 11편의 단편소설을 모아서 지쓰교노 니혼샤에서, 그 후 2002년 3월에 문고판으로서 추오코론 신쇼에서 각각 간행되었다.

후쿠다 가즈야는 『작가의 가치』에서 『과묵한 시체 음란한 애도』에 〈매우 사악한 구조를 가진 소품으로 이루어진 단편집. 각각 작가다운 설정이지만, 다소 양만 불려놓은 인상은 떨치기 어렵다〉라고 코멘트하며 100점 만점 중 56점을 부여했다. 이 점수는 후쿠다의 판단에 의하면 〈읽을 가치가 있는 작품〉에 들어간다고 한다.

그러나 후쿠다의 견해 이전, 즉 단행본이 간행되었을 때, 작품을 평가하는 문장들이 한꺼번에 발표되었다. 시바타 모토유키의 「깨끗

한 것은 더럽다 더러운 것은 깨끗하다」와 고누마 준이치의 「대담하
게 시도된 시간과 공간의 어긋남」이다. 전자는 〈연작단편〉이 갖는
작품의 특징을 지적하며 〈시간과 공간의 공통성과 어긋남〉이 제대
로 작품에 도입되어있다고 하며, 후자는 각 단편의 이야기 내용
에 고집하며 〈하나의 단편의 중심이 다른 작품의 세부가 되어 나
타나는 장치도 훌륭함〉이라고 말하며 서로 상반하는(서로 대립하는)
언어공간이 아무렇지 않게 작품화되어 있는 것에 착목하고 있다.
이를 시바타는 〈오가와 요코적 이계(異界)〉라고 하며 그것이 본 작
품에서는 〈평소보다도 확실하게 나타나 있다〉고 한다. 이에 대해
서 다카네자와 노리코는 〈오가와 작품이 갖는 이율배반적세계가
(중략) 절찬되었고, 고누마 준이치도 〈이것은 연작단편에서만 가
능한 스타일이다〉라며 이 작품의 성공을 인정하고 있다〉고 논하
고 있다.

이들의 견해는 모두 바른 견해이지만, 작가인 오가와 사고의 표면
을 말한 것이라는 인상도 부정할 수 없다.

11편의 단편 중 다소 독립되어 있는 것처럼 보이는 것은 「백의」인
데, 이 작품은 다른 작품과의 상호관계에서 보자면 「백의」로부터 다
른 작품으로 액자형식의 구조관계로, 말하자면 「백의」로부터 다른
작품으로의 일방적인 소설내용의 개입이라는 식이 된다.

단, 이들 단편작품의 배열에서 「제과점의 오후」가 제일 처음 나오
고 「독초」가 마지막이 되어있을 뿐, 작품순서를 바꾸면 서로의 액자
형식은 성립한다.

흥미로운 오가와의 발언

소설을 쓰는 일은 동굴에서 말은 새기는 것이 아니라 동굴에 각인되어 있는 말을 읽어내는 것이 아닐까 하고 요즈음 생각한다. (「문고판을 위한 후기(文庫本のためのあとがき)」)

오가와가 생활하는 일상에 가끔 일어나는 어떠한 사건(현상)을 어떻게 독자에게 전달할 것인가, 즉, 그 현상을 어떻게 이야기화해서 독자에게 전달해 갈 것인가, 이것이 오가와에게 있어 「소설을 쓴다」라는 행위가 된다. 지금 가령 자신이 〈개가 죽었다〉라고 하는 현실에 직면했다면, 그 후의 행방을 어떻게 〈소년〉에게 이야기를 들려줄 것인지 그 것이 그녀에게 있어서 〈소설을 쓴다〉라는 것이라고 한다.

그렇다고 한다면 이 연작단편은, 각 작품마다 어떠한 현상이 있어서 그것을 독자에게 전달하고자 할 때에 연작단편이 갖는 효과를 활용하여 각 작품의 교차를 운용했다고 할 수 있다. 그리고 조작의 도중 혹은 과정에 있어서 고누마 준이치가 말하는 〈시간과 공간의 공통성의 엇갈림〉(「대담하게 시도된 시간과 공간의 어긋남」)이 발생하기도 하고 시바타 모토유키가 말하는 〈이율배반적세계의 구축(二律背反的世界の構築)〉(「깨끗한 것은 더럽다 더러운 것은 깨끗하다」)을 확인할 수 있다.

구체적인 상호작품의 액자형식과 그 효과

「제과점의 오후」와 「토마토와 만월」을 비교해 보자.

「제과점의 오후」에서는 제과점에서 〈나〉와 노파, 그리고 제과점에서 근무하는 소녀 세 사람이 중심이 된다. 이야기는 〈나〉에 의해 이야기가 진행되어 간다. 그런데 「토마토와 만월」에서 「제과점의 오후」라고 하는 작품은 「토마토와 만월」에 등장하는 자칭작가인 아줌마의 작품이라고 되어 있는데, 이 사실은 작품 본문에서도 알 수 있지만, 등이 굽은 여자가 이 작품의 저자라고 하는 것을 알게 된다. 주역인 「제과점의 오후」가 「토마토와 만월」에서는 조연이 되어 있다. 같은 식으로 아줌마가 준 토마토가 〈나〉의 식탁에 많이 올라오는데, 그 토마토는 아줌마가 주워온 것이라고 한다. 그러나 〈주워온 토마토〉는 실은 「토마토와 만월」의 앞 작품 「벵골호랑이의 임종」에서 의사인 남편의 불륜상대인 여성(508호실에 사는 대학병원의 우수한 비서)에게 만나러 가는 도중, 옆으로 넘어진 트럭에서 도로 가득 흩어진 토마토이며 그것을 아줌마가 주워왔다고 하는 것이다. 「벵골호랑이의 임종」에서 그다지 의미를 갖지 않았던 토마토는 「토마토와 만월」에서는 큰 의미를 갖게 된다.

고누마의 언설도 또한 시바타의 언설도 양쪽 모두 본질을 간파한 내용이다. 그러나 오가와의 언설을 상세하게 분석해서 적용하면 「제과점의 오후」에서 그려진 그 작품의 작가는 「제과점의 오후」에서는 해명되는 일 없이 「토마토와 만월」까지 기다릴 수밖에 없고, 마찬가지로 「벵골호랑이의 임종」에서 토마토는 「토마토와 만월」까지 기다리지 않으면 해명될 일은 없다.

작가 오가와는 각 단편에서 그린 여러 현상을 독자에게 전달하기 위해 〈읽는〉 작업을 미리 하고 독자에게 전달하고자 했다. 그리고 멋지게 성공했다. 이는 〈연작단편〉이라는 소설조작에 의해 가능할 수 있었다고 볼 수 있다.

오가와 발언과 작품구조의 행방

오가와가 말하는 〈동굴에 각인되어 있는 말〉이란 그녀의 소설작법 같지만 오히려 이것은 그녀의 견고한 의사에 의한 것으로, 이 단편집 『과묵한 사체 음란한 조문』으로써 증명해 보인 것이 아닐까라고 생각한다.

다시 한 번 「토마토와 만월」을 인용해 보자. 이 단편에는 「제과점의 오후」, 「잠의 요정」, 「벵골호랑이의 임종」이 액자가 되어 작품화되어있다. 그러나 여기서 액자화 되어 있는 각 작품은 오가와가 말하는 〈동굴에 각인된 말〉 그 자체를 의미하고, 그 말을 어떻게 독자에게 전달할 것인가를 새로운 화자를 설정하여 이야기하게 하고 있다. 예를 들어 작품 「제과점의 오후」를 이야기하기 위해 자칭 작가 〈아줌마〉의 설명이 필요하기도 하고, 〈기린의 목은 어째서 저렇게 길어? 불합리해〉라고 말하는 〈10살의 아이〉를 설명하는 데에는 「잠의 요정」에서의 「나(僕)」가 말하는 부연이 필요했으며, 샐러드로 나온 〈토마토〉를 설명하기 위해 「벵골호랑이의 임종」에서의 트럭이 넘어짐으로 도로 가득 흩어진 〈토마토〉를 이야기할 필요가 있었다고 하는 방식으로 말이다. 게다가 자칭 작가 〈아줌마〉를 보다 상세하게 이해하려고 한다면, 작품 「노파J」에서의 〈나〉와 노파와의 관계설명을 필요로 하며, 또한 「과즙」에서의 〈키위와 이전 우체국〉을 설명하기 위해서는 이 「노파J」에서의 〈혼자 사는 미망인〉의 존재가 필요해 진다.

　각 작품이 서로 액자형식이 되어 있는 것은 실은 오가와가 말하는 〈동굴에 각인 되어있는 말〉을 그녀 나름대로 소설작품(소설조작)으로써 독자에게 제대로 전달되어져 온 것이다. 단지 독자가 그 조작에 눈치 채지 못하고 간과하여 읽은 것이 아닐까, 라고 생각되는 것이다. 그녀의 발언은 보편화된 단순한 소설작법이 아니었던 것이다.

『침묵박물관』
- 추방당한 남동생 -

후지사와 루리

「말할 수 없는 것에 대해서는 침묵하지 않으면 안된다」라고 비트겐슈타인[*]이 말했는데, 오가와 요코의 『침묵박물관』의 세계는 「꼭 말해야하는 것에 대해서는 침묵하지 않으면 안」되는 세계이다. 그 대신 「꼭 말해야하는 것」이 나타나지 않은 채, 그 주위의 독특한 세계가 구축된다. 이야기되어야할 중심을 잃은 세계에서는 이야기되지 않는 것, 그것이 마치 윤활유가 되는 것처럼 언어는 자못 경쾌하게 숨겨진 중심의 주위를 선회한다. 거기에 구축된 세계는 조용하고 아름답고 풍요롭기조차 하다.

예를 들어 〈침묵의 전도사〉에 대해서. 왜 『침묵박물관』의 무대인

---

[*] 루드비히 비트겐슈타인(Ludwig Wittgenstein, 1889 - 1951년) 오스트리아 출신의 영국 철학자

마을에 〈침묵의 행위〉를 행하는 〈침묵의 전도사〉가 존재하고, 수도원까지 있어서 수행의 체계가 이루어져 있는 것일까. 〈마을에 남은 유일의 공예품〉〈달걀공예〉에 대해서는 확실하게 그 유래 내력이 나타나는데 〈침묵의 전도사〉에 대해서는 그 유래 내력을 알 수 있는 부분이 어디에도 없다. 단지 그러한 존재가 이 마을에 있는 것만을 알 수 있다. 그리고 그것과 정 반대로 〈침묵의 전도사〉의 주변에 대해서는 입빠르게 실로 많은 내용이 나타나 있다. 그들과 〈동등하게 침묵을 나눌 수 있는〉 유일한 존재 들소, 그 모피, 수도원으로 통하는 늪, 참회를 행하는 얼음과 발판, 폭발로 죽는 전도사, 전도사 수습생소년, 양어장에서 송어를 기르는 남자. 무심코 영상화하고 싶다는 유혹조차 느껴지는 풍성하고 이상한 세계가 거기에 있다. 그리고 그 세계가 왜 구축되었는가에 대해서는 어떠한 것도 나타나 있지 않다.

예를 들어 주인공 〈나(僕)〉에게 〈침묵박물관〉을 만들라고 명령하는 노파. 그녀는 〈나〉에게 〈11살 가을, 눈앞에서 사람이 죽〉은 일, 그 죽은 정원사의 가위를 유품으로서 취했을 때 〈자신이 하지 않으면 안되는 단 한가지의 일을 해냈다〉고 느끼고, 그 이후 〈마을에서 누군가가 죽을 때마다 그 사람에게 관련된 물건을 무언가 하나씩 수집하여〉 왔다고 말한다. 그러나 매우 진지한 물음으로써, 11살의 소녀가 눈앞에서 사람이 죽었다 하더라도 그 날부터 갑자기 자신의 인생을 유품수집으로 세월을 보내는 인생을 선택할 것인가. 만약 그러한 일이 일어날 수 있다면 그녀는 특별하게 눈에 띄는 소녀야만하며, 그녀가 특별한 소녀이기 위해서는 그것을 필연으로 하는 그녀의 일생이

어느 정도 서술될 필요가 있을 것이다. 그러나 그것은 일절 나타나있
지 않다. 소설도 거의 끝나갈 무렵 〈당신의 이전에 있었던 이야기〉를
듣고 싶어 하는 〈나〉에게 그녀는 〈모두 잊어버렸어〉라고 말할 뿐이
다. 그녀는 도대체 누구인가. 그 질문을 보류한 채 독자는 그녀의 유
품을 향한 열정에 의해 전개되는 이야기를 읽지 않으면 안 된다.

그러나 그러면서도 노파와 그녀를 둘러싼 정보는 너무나도 풍부
하다. 그녀의 신체, 개성, 말투, 입는 옷, 사는 장소, 〈유품〉에 대한 자
세, 어느 하나에도 적절한 단어가 넘치도록 주입되어 이야기가 생성
되어 간다. 그 말의 와중에 휩쓸려있기만 한다면 그녀가 어떤 인물
인가 따위는 거의 신경 쓰지 않아도 될 정도로.

그렇다면 주인공 〈나〉에 대해서는 무엇이 이야기되고 있지 않은
것일까. 언뜻 보면 그는 〈침묵박물관〉의 창설을 하려는 측(노파, 그 양
녀인 소녀, 정원사 부부)에 의해 그들의 마을에 묶여 있는 것처럼 보인다.
확실히 무대가 되는 마을은 이상한 공간임에 틀림없어서 〈나〉가 형
에게 보내는 편지도 선물도 모두 외부 세계에는 도달하지 않는다.
〈나〉는 〈생각하지도 못했던 먼 곳에 지금 나는 있다〉고 우선 자각은
하지만, 사태는 그의 자각보다 훨씬 심각하여 〈알고 있어? 기술자님
은 자신이 생각하는 것보다 훨씬 먼 곳에 와버린 거야〉라고 노파의
저택의 정원사에게 들었을 때에는 그는 이미 원래의 세계에는 두 번
다시 돌아갈 수 없게 되어 있었다. 그는 〈우리들(나, 소녀, 정원사부부-역
자 주)〉 중에 누군가 한명이라도 없으면 안 돼〉 〈우리들이 있는 장소
는 더 이상 다른 곳에는 없어〉라고 소녀가 말한 대로 그는 친한 사람
들(형 부부와 조카)이 있는 세계에 돌아가는 것을 포기한다.

그는 어떻게 포기할 수 있었을까. 단서는 소녀의 말에 있다. 그녀가 이 마을에서 〈침묵박물관〉을 완성시키기 위해 필요하다고 하는 그를 제외한 〈우리들〉의 인원수와 그가 원래 세계에서 교류해오던 사람들과의 인원수가 기묘한 균형을 이루고 있다. 양쪽 모두 3명. 부부와 또 다른 한명. 거기에 죽은 자를 더해 본다. 원래의 세계에서는 죽은 엄마. 이 세계에서는 소설의 마지막에 죽는 노파. 그렇게 하면 원래의 세계에서는 「엄마, 형네 부부, 조카, 나」. 이쪽 세계에서는 「노파, 정원사 부부, 소녀, 나」. 어느 쪽도 5명. 5는 이 소설에서는 독특한 의미를 갖는 숫자일 것이다. 광장의 폭발사고에 의해 소녀의 〈하얗고 부드러운 볼에 각인된 하늘에 계시〉, 〈5개의 정점이 같은 각도로 연결되어 있는 완전한 형태의 별〉의 상흔. 너무나도 일치하는 이 부분은 무엇을 의미하는 것일까.

〈나〉에 대한 질문. 왜 그에게 있어서 타인은 가족뿐인 걸까. 왜 그는 편지를 보낼 친구나 연인이나 직장동료가 없는 걸까. 왜 그의 회상 속에는 형과 엄마 이외에 그가 교류하는 사람들이 등장하지 않는 것일까. 앞서 말한 바와 같이 그러한 것에 대해 어떠한 것도 알려져 있지 않지만, 이 세계에서 교류할 사람의 숫자가 극도로 적은 그의 뇌속세계는 도대체 어떠한 상태인 것일까. 박물관전문기술자로서 〈업계에서 상당한 커리어를 쌓았〉어도, 그리고 그 과정에서 꽤 많은 사람과 접해왔다고 해도, 그것은 어디까지나 그의 외적 세계의 사건에 지나지 않고, 그의 가장 깊은 곳 뇌속세계에서는 그렇지 않았던 것일까. 밖의 세계에서 무엇을 하고 오던지, 그의 가장 깊은 뇌속세계에서는 엄마와 형, 그리고 형의 아내 밖에 존재하지 않았다. 그리로 그 다음으로 형 부부의 아이가 더해졌을 것이다. 그러나 그 시점에서 그는 추방된다. 그의 가장 깊은 뇌속세계에서 딱 맞는 어디에도 없는 장소, 소멸만이 존재하고 생성이 일어나지 않는 장소로. 그가 시야에 들일 수 있는 인원수와 동일한 인원수만 시야에 넣을 수 있는 세계로.

〈나〉에게 현미경 속의 세계를 알려준 것은 〈형〉이었다. 〈너무나도 무방비한 나의 눈〉에 〈렌즈 저편의 세계〉가 비추고, 〈나〉는 〈내가 모르는 장소에도 세계가 숨겨져 있던〉 것을 발견한다. 그 날부터 그는 현미경의 포로가 된다. 〈오랫동안 현미경을 만지고 있으면〉 그는 가끔 〈자신이 렌즈 외부가 아니라, 슬라이드글라스와 커버글라스에 끼인, 작은 한 방울 액체 속에 들어가 있는 기분〉이 든다. 자신에게 있어서 그것이 〈가장 행복한 순간〉이었다고 느끼는 찰나에, 그는 〈작은 한 방울 액체 속〉이 아니라 〈숨겨져 있던〉 세계의 주민으로서 유품을 진열하는 박물관의 창설에 일조하도록 비밀스럽게 정해져 버린 것은 아닐까.

호의를 보이는 소녀와 전도사 수습생소년과의 사이를 질투한 그가, 밤에 현미경으로 우렁이 정자를 관찰하는 장면은 묘하게 생생하며 또한 무섭다. 그의 질투와 욕망은 커버글라스 밑의 우렁이의 정소(精巢)로 치환되어 실제의 감정을 드러내는 것을 피하며 단편화시킨다. 즉 가시화되어 사물화 된다. 다른 감정이 일어나면 그는 다른 프레파라트를 만들어 관찰할지도 모른다. 마침 죽음이 유품으로 치환되어 〈감전사이든 압사이든 발광사이든〉 〈죽음은 죽음이며 다른 어떠한 것도 아니다〉라고 하는 사상 아래, 인간적인 개체를 상실하여 각각의 유품이라고 하는 개체로 치환되어 버리는 것처럼.

원래의 세계에는 돌아가지 않고 마을에서 살아갈 것을 결의하게 된 〈나〉는 『안네의 일기』와 현미경을 엄마와 형의 유품으로써 침묵박물관에 소장한다. 그러나 만약 그가 죽으면 그의 유품은 남는 것일까. 『안네의 일기』와 현미경이야말로 그의 유품이 될 수 있는 유이(唯二)한 것이 아니었을까. 그는 살아 있으면서 유품을 수장해 버린 것인가. 그는 앞으로 이 마을에서 살면서 그가 살아 온 것을 명백하게 나타내줄 유품을 손에 넣을 수 있게 될 것인가.

마지막으로 정원사와 소녀에 대해서. 그들은 〈나〉를 이 마을에 정착하게 하고 탈 없이 일을 수행시키기 위해 유능하게 움직인다. 그것이 그들의 이 소설 안에서의 큰 역할인데, 물론 그들에 대해서도 꼭 제시되어야할 정보는 어느 것도 나타나지 않고 있으며, 그 때문에 두 사람은 더욱 매력적으로 나타난다.

소설의 처음 〈나〉가 마을에 도착한 직후에, 소녀의 부자연스러운 얇은 옷, 노파와 소녀와의 〈서로가 서로의 일부가 된 것 같은〉 유착의 모습이 제시되는데, 그녀는 사실은 요괴이거나 한 것은 아닐까, 〈나〉와 결코 같이 식탁에 앉지 않는 노파와 소녀는 〈나〉가 안보는 곳에서는 기괴한 존재로 변해있는 것은 아닐까 하고 망상을 일으킬 수 있다. 그러나 어떠한 일도 일어나지 않고 폭발로 부상을 당했던 소녀의 쾌유축하모임에서 그들은 싱겁게도 〈나〉와 같이 식탁에 앉게 된다. 소녀는 누구의 딸인지, 왜 노파의 양녀가 되었는지에 대해서는 물론 어떠한 정보도 없다. 그러나 소녀가 〈나〉에게 이 마을에서의 갇혀있는 생활을 하게하는 가장 유효한 견인력이 된 것은 명백하여,

도망치려는 그를 다시 돌려놓기 위해 눈 속에서 〈속눈썹도 귓불도 입술도〉 얼어가며 그에게 〈우리가 있을 곳은 더 이상 어디에도 없어요〉라고 마지막 선고를 내리는 것이 그녀이다. 마찬가지로 정원사도 그의 두 번째 살인은 명백하게 휴가를 받아 돌아가려는 〈나〉를 마을에 머무르게 하려는 것이었고, 살인사건의 용의자로서 〈나〉가 형사에게 감시당하고 있는 것은 〈나〉를 이 마을에 가두고 싶어 하는 그들에게 있어서 무엇보다도 안성맞춤이었을 것이다.

　이 마을은 소멸만이 있고 생성이 없다. 외부 세계에서는 〈나〉의 형의 아이가 태어났다고 하는데도 이 마을에서는 누구도 태어나지 않는다. 죽음만이 발생한다. 소멸 측으로 기울어진 공간. 그러한 〈마을에 남는 유일의 공예품〉이 〈달걀세공〉인 것은 상징적이다. 생성의 상징인 달걀이 이 마을에서는 〈속은 꺼내어〉져 〈세공이 더해〉져 공예품이 된다(〈나〉는 형에게 보내는 편지에 그것을 〈재생의 상징〉이라 부르는데, 그것은 어디까지나 〈재생〉이며 「새로운 생성의 상징」이 될 수는 없다. 그리고 〈나〉의 엄마는 〈난소암〉으로 죽는다). 죽은 달걀들. 소생시키기 위해서는 이야기되어지지 않는 것들을 이야기할 필요가 있는지도 모르지만, 그것을 달성하지 않고 이 이야기는 끝난다. 왜 가장 이야기 되어야할 부분이 이야기되지 않았던 것일까. 그것만 이야기되었다면 모든 것이 바뀌었을 텐데, 왜 …… 아니, 이제 그만두자. 이 소설은 무한으로 「왜」의 폭풍우가 휘몰아친다. 그것은 원래 소설이 공허를 끌어안은 채로 세상을 향해 「왜?」하고 계속 묻는 정신에 의해 탄생했기 때문이 아닐까.

오가와 요코(小川洋子)의 문학 세계

『우연의 축복』
- 막다른 곳에 있는 것 -

후지타 나오코

이 단편집은 다음과 같이 시작한다. 〈한밤중을 지나 침실 겸 작업실에서 소설을 쓰고 있으면 때때로 자신이 매우 오만하고 추하고 우스꽝스러운 인간처럼 생각되어 힘들 때가 있다. (중략) 나란 사람은 비천하고 어리석으며, 교양이 없고, 허세로 가득하고, 지조 없이 경솔하다. 많은 사람에게 상처주고, 질리게 하며, 기대를 저버리며 되돌릴 수 없는 실패를 해왔다. (중략) 세계가 나에게 등을 돌리고 있다. 나를 사랑해주는 사람은 어디에도 없다. 나의 소설을 읽어주는 사람은 한사람도 없다 ……〉(「실종자들의 왕국」)

『우연의 축복』은 7개의 작품으로 이루어진 단편집이지만, 일련의 작품 주인공은 〈나〉이다. 〈나〉는 30대 중반정도로 보이는 소설가로, 1살이 채 안 되는 아들과 견종이 래브라도 리트리버인 아폴로와 셋이서 살고 있다.

〈나〉의 반생은 행복하지는 않았다. 아빠는 다른 여성과 새로운 가정을 꾸렸고, 엄마는 종교에 빠져있으며 남동생을 맹목적으로 사랑한다. 하지만 그 남동생의 존재에 의해서 가족이 어떻게든 인연을 유지하고 있다. 그런데 그 남동생은 21살의 젊은 나이에 나쁜 친구들에게 구타당해 비참하게 죽어버린다. 이 남동생의 죽음에서 시작되는 것이 「도작」이라는 작품인데, 남동생의 죽음을 시작으로 〈나〉에게 차례대로 불행이 들이닥친다. 장례식 이후, 욕실의 수도를 잠그는 것을 깜박하여 그 물로 방을 잠기게 해서 집주인에게 쫓겨나고, 같은 직장에 다니던 남자친구가 횡령죄로 체포되었으며, 그 때문에 자신도 일을 그만 둘 수밖에 없게 되었고, 1년에 걸쳐 수정을 반복하고 있던 소설은 어디에서도 채택되지 않았다. 그리고 마지막에는 통장도, 체력도 바닥이 나고 남동생의 죽음으로 의욕을 상실하여 외출할 일도 없이 방에 틀어박혀 지내던 〈나〉가 어쩌다 외출했을 때, 라이트밴에 치여 전치 3개월의 중상을 입게 되는 것이다. 작가는 어째서 이렇게까지 〈나〉에게 고난을 부여하고 있는 것일까.

그러나 〈나〉에게도 기적 같은 「우연의 축복」이 찾아온다. 입원한 병원에서 〈나〉가 어릴 때 봤던 영화 『집 없는 아이』를 떠올리는 장면이 있다. 떠돌이 악사에게 팔리게 된 소년 레미는 여행 도중 여러 번 어려운 일을 겪지만, 이제 끝났다고 생각할 때마다 반드시 어디선가 도움의 손길을 받게 된다. 〈스크린을 통해 내려오는 우연한 신비로움에, 나는 넋을 잃고 바라보았다. 경외심마저 들었다. 이 세상을 지배하는 운명의 조작은 얼마나 자비가 넘치는지. 어떠한 불행도 내버려두지 않는다. 아니 더 심한 불행일수록 빛나는 우연을 준비)해준다. 과연 작가가 〈나〉에게 이렇게까지 시련을 부여하는 것은, 거기에 훌륭한 우연을 준비하기 위해서라는 것을 알 수 있는 부분이다. 하지만 그것은 『집 없는 아이』와 『소공자』 『소공녀』라고 하는 세계명작아동문학 속에서 일어날 것 같은 극적인 〈빛나는〉 우연과는 다소 경향을 달리한다. 그 당시에는 그 신비로움을 느끼지 못하지만, 돌아보면 그것이 지금의 자신에게 필요한 만남이었다고 알게 되는 아련하고 고요한 우연의 축복인 것이다.

수록되어 있는 7편의 단편 전체를 관통하고 있는 기본테마는 소설가로서의 〈나〉에게 일어난 「우연한 축복」이라고 볼 수 있다. 〈나〉가 「쓰다」라고 하는 행위를 자각한 계기는 11살의 여름방학, 출장으로 1개월간 유럽을 다녀온 아빠에게 선물로 받은 만년필이었다(「기리코(キリコ)씨의 실패」). 은색으로 샤프한 모양의 스위스제 만년필로 〈나〉의 이니셜 YH가 새겨진 것이었다. 그 뒤로 〈나〉는 무언가 너무도 쓰고 싶어서 참을 수 없게 된다. 그런데 질리지 않고 말을, 그리고 이야기를 자아내준 이 만년필을 엄마가 어느 날 실수로 밤 껍질과 함께 태워버리게 된다. 소각로 속에서 나온 그것은 〈나의 만년필이었다. 펜 끝은 그을고 몸체는 뒤틀렸으며 이니셜은 녹아서 읽을 수도 없게 되었다. 아무리 바라보아도 내 손끝에서 말을 자아내던 모습은 어디에서도 찾을 수 없었다〉. 「글 쓰는 나」에게 내린 최초의 불행에 좌절하는 〈나〉. 거기에 설명할 수 없을만한 기적이 나타난다. 아빠의 심부름으로 어느 수집가의 집에 항아리를 전달하러 갔던 가사도우미 기리코씨가 소각로에서 밤 껍질과 함께 탔어야 할 〈나〉의 만년필을 그 수집가의 손에서 발견한 것이다. 기리코씨는 사정을 설명하고

163

만년필을 양도받는다. 기리코씨는 만년필을 〈나〉의 손에 쥐어주며 이렇게 말한다. 「자, 이걸로 쓰는 거에요」라고. 한번 잃어버린 만년 필을 다시 〈나〉의 손에 가져다 준 기리코씨와의 만남이야말로 소설 가 〈나〉에게 처음 내려온 축복이다.

〈나〉에게 있어서 소설을 쓴다고 하는 것은, 인생을 살아간다, 와 거의 동등한 중요한 작업이다. 그러나 처음에 인용한 부분에서도 볼 수 있듯이, 쓰는 일은 결코 쉬운 작업이 아니다. 괴로움에 발버둥이 치며 말을, 이야기를 만들어내야 하는 고독한 작업이다. 자신감을 잃는 경우도 많다. 「에델바이스」에는 〈나〉의 소설의 열렬한 팬으로 〈나〉의 모든 작품을 품고 다니는 기묘한 남자(게다가 〈나〉의 남동생이라고 자칭한다!)가 등장하여 때때로 〈나〉를 두려움에 떨게 하며 당황스럽게 한다. 그러나 〈나〉의 소설을 열렬히 사랑하고 소중하게 여기며 다음 작품을 고대하며 기다려주는 그 남자의 존재는, 어느 새인가 〈나〉에 게 있어서 글을 계속 쓰는데 있어서 한없는 격려가 되고 있는 것처럼 도 읽을 수 있다. 앞서 말한 「도작」이라는 단편에서는 남동생을 잃은 슬픔 때문에 전혀 소설을 쓸 수 없게 되었을 때, 어느 여성과 알게 되 는데 그 여성의 말로 인해 〈나〉는 평안함을 얻어 다시 글을 쓰기 시작 하게 된다. 「소생」이라는 단편에서의 〈나〉는 어느 날 아침 일어나보 니 말을 할 수 없게 된다. 목소리와 동시에 말을 선별하여 글을 쓰는 능력도 상실했다. 언어를 잃는 것은 소설가인 〈나〉에게 있어 치명적 인 일이다. 그러나 여기에서도 자신을 아나스타샤라고 하는 노파에 의해 〈나〉는 다시 언어를 획득한다.

글을 쓸 수 없는, 저 밑바닥까지 떨어져서 마침내 이제는 더 이상 아무것도 할 수 없다고 여겨질 때 일어나는 불가사의한 만남. 되돌아보면 그러한 만남이 있었기 때문에 〈나〉는 소설을 계속 쓸 수 있었던 것이다. 소설을 쓸 수 있는 지금의 입장에서 그러한 신비한 체험을 한 〈나〉는 글을 쓰며 또 한 번 〈나〉 자신에게 일어난 〈우연의 축복〉에게 감사하는 것이다.

〈나〉는 작가 오가와 요코를 방불케 한다. 「배영」과 『호텔 아이리스』(작품명으로써는 나오지 않는다)는 오가와의 작품인데, 오가와가 언어에 대해 철저하게 고집하는 태도와 동일한 모습을 〈나〉에게도 찾을 수 있다. 물론 오가와는 싱글마더가 아니며, 작품에서 죽게 되는 남동생과 달리 실제 남동생은 건재하다. 그러나 〈나〉에게는 오가와의 소설가로서 느끼는 괴로움과 안달, 절망이 직접적인 형태로 투영되어 있다고 할 수 있다.

에세이집 『요정이 내려오는 밤』의 「마지막 소설」에 대학시절 자신이 쓴 소설이 아무에게도 회고되지 않아 낙담하고 있을 때의 사건이 쓰여 있다. 그때 지하철 추오센(中央線) 안에서 처음 만난 청년이 갑자기 「또 언젠가 어딘가에서 반드시 당신을 만날 것 같은 느낌이 듭니다」라고 말했다고 한다. 오가와는 그의 말에서 「계속 글을 써주세요」라는 메시지로써 마음 깊이 받아들였다고 쓰고 있다. 〈우연의 축복〉 없이 소설을 계속해서 써 나가는 것은 어렵다. 그리고 살아가기 위해서 소설을 써내려가는 한 〈우연의 축복〉은 반드시 있으며, 또 그런 기회가 생기면 좋겠다고 소설가 오가와 요코는 생각하고 있는 것은 아닐까.

오가와 요코(小川洋子)의 문학 세계

『눈꺼풀』

이와키 아유카

　오가와 요코의 작품에는 틈이 없다. 그녀만의 독특한 감각을 투명감 넘치는 이미지 속에서 실로 훌륭하게 완결시키고 있다. 어느 에세이에서 〈언어는 행동을 뛰어넘어야한다고 항상 생각한다. 장황하게 설명하는 것이 아니다. 그가 홍차를 어떤 컬러로 느끼고 있는지 그 컬러 한마디로 그의 감정 깊숙이 한 부분을 표현할 수 있을지도 모른다. 언어가 단순히 형태를 나타내는 것이 아니라 독자적인 공간을 내면에 지니며 소설 속에 나타나면 좋겠다고 바라고 있다. 그러기 위해서 어떤 언어를 선택할지에 대해 꽤 품이 든다〉라는 오가와 요코의 소설에 대한 계략은 깊다. 작품 속에는 음미된 언어만이 흩뿌려져 있다. 〈소설이 소설임을 즐기고 있는 소설〉(「분가쿠카이」, 01)이라고 하치카이 미미는 평하고 있는데, 정말로 그러한 감각이다. 단지 자칫하면 「잘 지어낸 이야기」라는 느낌으로 대략 정리될 가능성은 부정할 수 없다.

　『눈꺼풀』은 1993년부터 2000년에 걸쳐 발표된 8편의 작품을 모은 선집이다. 도마뱀붙이의 미이라를 부적으로 가지고 다니는 노파, 밤이 되면 반딧불이처럼 빛을 내는 중국야채, 눈꺼풀이 잘라내진 햄스터, 모든 종류의 냄새를 모으는 여성, 왼손이 올라간 채로 움직이지 못하게 되어버린 수영선수, 난소에 털이 자라는 병에 걸린 시인 등, 오가와 요코만의 독특하고, 비현실적이지만은 않지만, 현실로부터 조금 일탈한 일상이 실로 담담하게 그려져 있다.

작가 스스로 인정하고 있는 것처럼, 그녀는 일반적이라고는 말할 수 없는 직유와 은유를 많이 사용함으로써 작품에 독특한 분위기를 부여하고 있는 작가이지만, 이 작품은 다른 작품에 비교하면 그러한 비유가 그다지 사용되고 있지 않는 것처럼 느껴진다. 비유보다는 등장인물 등의 설정을 다소 기발하게 함으로써 기묘한 분위기를 만들어 내고 있는 작품군이라고 할 수 있다.

표제작인 「눈꺼풀」은 『호텔 아이리스』와 매우 닮아있다. 『호텔 아이리스』는 가쿠슈 켄큐샤에서 1996년 11월에 발표된 것이며, 「눈꺼풀」은 같은 해 9월호 잡지 「신초」에 게재된 것이다. 시기적으로는 매우 가깝지만, 「눈꺼풀」이 『호텔 아이리스』의 기반이 된 것인지, 반대로 『호텔 아이리스』의 진화형이 「눈꺼풀」인지 판단을 할 수 없다. 단지, 「눈꺼풀」은 단편이기 때문에 전반적인 분위기로서 시적인 감각이 짙은 것 같다. 또한 앞에서 서술한 오가와의 "계략"을 가장 강하게 느낄 수 있는 작품이다.

주인공인 〈나〉는 15살의 소녀이지만, 〈우리들의 비밀을 알고 있는 것은, 그 사람뿐이야〉라는 등 묘하게 어른스러운 대사를 상대의 중년남성 N에게 던지다. 소설의 처음부터 〈나〉가 N의 집에 가서 나이를 알려주는 장면에 이르기까지, 독자는 이 여성이 설마 15살의 소녀라고는 느끼지 못할 것이다.

N은 섬에 살고 있으며 〈나〉는 토요일이 되면 수영강습을 빼먹고 배로 섬에 건너가 N과 밀회를 거듭한다. 그는 〈바람이 강하게 부는 해변에서도, 수증기가 자욱한 욕실에서도, 침대 위에서도〉 어떠한 때에도 흐트러지지 않는 기묘한 머리모양을 유지하며, 마을의 석재가게에 근무하며 돌에 디자인을 하고 있다. 〈나〉의 눈꺼풀에 이상한 집착을 보이며, 눈꺼풀을 잘라낸 햄스터를 기르고 있다.

작품에서 우선 흥미를 끄는 것은 이 두 사람의 관계성이다. 섬에서 몇 번이나 밀회를 거듭하는 두 사람은 얼핏 봐도 친밀한 관계를 구축하고 있는 것처럼 보이지만 어쩐지 마주고보 있는 것처럼 보이지 않는다. 그것은 다음의 N의 대사에서 읽어낼 수 있다.

> N은 나의 머리카락을 쓰다듬는다.
> 「13년 전 죽은 그녀가……」
> 그의 손가락은 볼을 타고 내려와 턱을 살짝 쥐고 목으로 내려온다.
> 「마치 13살 젊어져서 다시 돌아온 것 같아……」

N은 이전 프러포즈를 했지만 받아주지 않은 상대 여성이 있었다. 그녀는 세탁소에서 일하고 있었으며, 바이올린을 매우 잘 켜서 N이 신청하면 언제나 부끄럽다는 듯이 눈을 내리뜨고 연주해 주었는데, 그는 완벽한 곡선을 그리고 있는 그녀의 눈꺼풀을 사랑했다. 그리고 마찬가지로 소녀의 아름다운 형태의 눈꺼풀을 편애하는 것이다. 여

기에서는 과거에 자신을 거부한 여성을 〈나〉에게 투영하는 N의 모습을 볼 수 있다. N이 보고 있는 것은 〈나〉가 아니라, 눈꺼풀을 매개로 한 과거의 여성인 것이다.

한편 〈나〉의 경우는 N의 집에 따라간 이유를 〈대수롭지 않는 모험심일지도 몰라〉라고 말한다. 15세의 소녀가 품은 대수롭지 않는 호기심이다. 작품 내에서 〈나〉의 N에 대한 감정과 마음은 거의 그려져 있지 않고, 대신 나타나는 것은 철저한 관찰이다. 앞서 N의 머리카락에 대한 설명에서 시작하여 〈나〉의 눈을 통한 N의 몸의 세부에 다다르는 묘사가 거기에 있다. 또한 마을에서 가장 고급스러운 해산물 레스토랑에서 식사를 했을 때, N의 카드는 사용이 거절되고 현금도 부족했기 때문에 두 사람은 따로 직원전용 공간에 불려가 지배인으로부터 경고를 듣는데도, 그때조차 〈화려한 레스토랑의 안쪽에 이런 초라한 방이 숨어있는 것을 알게 되어서 한층 더 나는 슬퍼졌다〉라고 생각할 뿐으로, 완벽하게 〈나〉의 N에 대한 감정은 삭제되어 있다. 작품 안에서는 15살 소녀의 호기심에서 발생하는 관찰만이 이어지고 N은 마치 〈나〉가 보고 있는 풍경의 일부처럼 조차 느껴진다. 이러한 두 사람이 마주보고 있을 리가 없다.

얼핏 친밀해 보이는 두 사람의 관계가 실은 투영과 관찰이라고 하는 행위에서 성립하고 있다고 느껴지니, 두 사람 사이에 흐르는 거리감 때문에 묘하게 슬퍼진다. 서로의 살을 맞대고 옆에 있는데도 상대의 존재를 제대로 인정하고 있는 것이 아니다. 그러나 부정하고 있는 것은 아니다. 서로 실로 짐짓 시치미 떼는 모습을 리얼하게 읽는 이에게 보여주는 작품이다.

　오가와 요코는 세심하게 주의를 기울여 언어를 취사선택하고 선별된 언어만을 사용하여 소설을 자아내어 간다. 선별된 언어의 이면에는 버려진 많은 언어가 있을 것이다. 그리고 버려진 많은 말들은 공동(구멍)을 만들어 간다. 〈예를 들어『끌어안다』〉라고 하는 언어를 만났을 때, 끌어안는 그 동작 자체를 떠올림과 동시에 상대의 샴푸 냄새와, 숨을 죽인 가슴의 고통과, 두른 팔을 풀 때의 아쉬움, 어쨌든 여러 모양을 상상한다. 쓰는 사람 측에서 말하자면, 가능한 매력적인 공동을 감추어 몰래 가진 언어를 만들어내고 싶다〉는 그녀의 이 바람은 작품 하나하나에 담기고, 그리고 성공한 것이 아닐까. 〈매력적인 공동〉을 갖는 작품은 읽은 이의 흥미를 북돋우며, 온갖 상상을 불러일으키게 한다. 〈나〉와 N의 관계도 표면에 나타나있는 언어들의 이면에 있는 공동을 상상하는 것에 의해 보다 깊이 음미할 수 있다고 보인다. 오가와 요코의 작품에 관한 여러 평론, 에세이 등을 읽었는데 읽는 이에 따라 받아들이는 인상이 이정도로 달라지는 작품을 쓰는 작가도 드물 것이다. 그것은 바꿔 말하면 읽는 이에 의해 상상하는 〈공동〉의 내용이 달라지기 때문이다. 이후로도 이 〈매력적인 공동〉을 기대하면서 천천히 그녀의 소설을 읽어가고 싶다.

오가와 요코(小川洋子)의 문학 세계

『눈꺼풀』
- 고고한 〈자〉와 만나기 전 -

하마사키 마사히로

전화번호와 생년월일을 새삼스럽게 떠올리고 「혹시 소수인가?」라고 생각한 사람이 많다고 듣는다. 이례의 롱셀러가 된 『박사가 사랑한 수식』(신초샤, 03)에 의해 초래된 쁘띠 수학 붐이라고 할 수 있는 현상이다.

오가와 요코에게 있어서 소수란 〈분해되는 것을 거절하고, 항상 있는 그대로의 자신을 유지하며, 아름다움대신에 고독을 짊어진 자.〉(「고독의 아름다움을 관철하는 「소수」」「아사히 신문」석간, 04.5.29)인 것이다. 소수란, 단순한 숫자의 조합이 아니라 고고한 〈자(者)〉인 것이다.

그런데 지금까지 소수를 〈자〉라고 칭한 소설가가 있을까? 소수를 처음으로 한 다양한 숫자들과 기호들, 법칙들(친화수(우애수), 완전수, 삼각수, 페르마의 정리, 오일러의 공식, √등)은 소설가 오가와 요코에게 무엇을 시사하고 어디로 이끌어 간 것일까. 고이케 마리코와의 대담에서 오가와는 다음과 같이 말하고 있다.

> 수학이라고 하는 것은 오늘 제가 말씀드린 것을 모두 겸비하고 있습니다. 제가 집착해 온 죽음의 이미지의 순환과 숫자의 영원함과도 겹치고, 무기질적인 것에 대한 소설을 추구해온 자세와도 통합니다. 그래서 인간이 육체를 부닥치지 않아도 될 중간지대를 만들어 주기도 합니다. 나에게는 꼭 적합한 대상이었습니다. 좋은 제재와 만났다고 생각합니다. (「사랑의 본질, 비틀어진 에로스」, 「쇼세쓰 겐다이」, 05)

〈말로 하지 않으면 점점 자신이 고뇌의 늪에 떨어져 가는 기분이 들어〉(「소설을 쓰는 일은 내가 살아있다는 증거」, 「슈칸 분슌」, 04) 소설을 쓰고 있던 오가와에게 있어서 수학이란, 고뇌에 대한 답을 아름답고 부드럽게 부여하며, 지금까지의 창작 자세를 세심하고 온화하게 긍정해주는 구제자로서의 〈자〉인 것이다. 소설가 오가와 요코는 〈언어의 「영원」은 「영원」이라고 하는 껍질을 씌운 가짜로〉 〈언어의 세계에서는 얻을 수 없는〉 〈진짜 「영원」〉을 숫자라고 하는 〈다른 장소〉에서 〈발견〉(전게서)한 것 같다.

수학이라고 하는 「영원히 변하지 않고 그렇기 때문에 영원히 신뢰할 수 있는 협력자」를 얻은 오가와는, 창작에 대한 자세를 온화하게 변화시켜 갔다. 『박사가 사랑한 수식』 이전과 이후로 작품의 분수령을 설정하는 것이 가능할 것이다.

전제가 길어져 버렸다. 『눈꺼풀』은 『박사가 사랑한 수식』 이전의 작품 8편으로 구성된다. 93년에서 98년에 걸쳐 발표된 작품군으로,

수학이라는 영원성에 의해 정화되기 이전의 오가와 월드를 밸런스 있게 즐길 수 있는 단편집이다.

하치카이 미미는 〈소설이 소설임을 즐기고 있는 소설〉(『『눈꺼풀』 잔혹함과 우스움이 얽혀있는 세계」, 「분가쿠카이」, 01)이라고 평한다. 실제로 작가 자신도 즐기며 쓴 것 같은 것이, 다음과 같이 말하고 있는 것에서 알 수 있다.

> 뚜껑이 있는 물건을 좋아한다. 유리병이든 작은 사발이든 뚜껑이 있으면 귀여워 보인다. 뚜껑을 닫고, 넓은 공간 속에서 그곳만 닫힌 세계를 만든다. 눈꺼풀을 닫고 자신만의 이야기의 세계를 꿈꾼다. (「쓰인 것, 쓰이지 않은 것(눈꺼풀)」, 「유레카」 04.2)

시간진행도 포함한 어떠한 종류의 공간구역을 상정하는 것에서부터 오가와 요코의 세계는 시작된다.

그녀가 닫은 공간의 바깥 껍질은 〈입구에 코르크로 마개를 하고 있는〉 〈갈색의 유리병〉(「냄새의 수집」)으로 이루어져 있다. 그 문장은 열쇠를 걸어 논 방의, 열쇠를 걸어 논 서랍 속의, 열쇠를 걸 수 있는 두꺼운 표지의 일기장 속에 적힌 소녀의 일상 같은 것으로 읽어서는 안 되는 것을 읽어 버렸다고 느끼게 하는 무언가를 포함하고 있다.

「소녀」라고 적었지만, 세계를 닫는 것은 소녀적인 요소를 남긴 인물인 것에 주목하고 싶다. 오가와 요코의 작품에는 폭넓은 연령의 여성들이 등장하는데, 「어른인 여성」 「씩씩한 엄마」 「성숙한 여성」 「노성한 부인」 등은 그다지 보이지 않는다. 어딘가에 무언가 소녀성을 깊이 간직한 여성들이 많다. 여기서 말하는 소녀성이란 「순진함에 숨어있는 잔혹함」, 「순수함에 잠재되어 있는 교활함」, 「가련함에 가려있는 요염함」이라는 의미에서 이다.

　오가와는『자수를 놓는 소녀』라는 단편집에서 〈자수〉와 〈홍차〉와 〈캘리그라피〉라는 소재로, 독자에게 섬세하게 작품을 소녀적인 것으로 생각하게 한다. 또한 요시모토 바나나 등과 같이 〈소녀만화〉적이라고 평가되어 왔다. 미우라 마사시는『식지 않는 홍차』를 평하는 중에 〈미리 말해 두지만, 나는 이것을 읽으며 재미있었고, 감탄도 했다〉고 하면서 그 후에 〈단지, 읽으면서 우선 떠오르는 것은 전편에 흐르는 농후한 소녀만화적인 분위기는 부정할 수 없다〉(「꿈의 불안」,「가이엔」, 90)라고 말한다. 여기서는 〈소녀만화〉적인 요소는 부정적인 재료로써 논의되고 있는 것이다. 이렇게 반드시 좋지 않은 의미에서 〈소녀〉 소설로 평가되는 오가와의 작품이지만, 소녀성을 띠고 있는 등장인물상에 관해서 언급한 논문과 서평은 아직 없다고 보인다.

　표제작「눈꺼풀」에는 옛 애인의 그림자를 쫓는 정체를 알 수 없는 중년남성에게 불쌍할 정도로 애절하고 아련한 기대를 갖게 하면서 마지막에는 파멸로 이끌어가는 15살의 소녀가 등장한다. 소녀는 남자와의 만남에서 마지막까지의 모든 것을 무의식 속에 연출하고 있다. 모습이 나타나지 않는 부친을 향한 가상적이고 대리적인 괴롭힘이라고 읽을 수 있을 것이다.

　「배영」에서는 수직으로 올라간 채로 굳은 왼팔을 가진 수영선수인 남동생을 부드럽게 수용하며 천천히 진행되는 죽음(왼팔과 마음의 죽음)으로 꾀어 들이는 누나가 있다. 하치카이 미미는 〈남동생의 무언의 저항과 복수〉(전게 「『눈꺼풀』 잔혹함과 우스움이 얽혀있는 세계」)라고도 평가하고 있지만, 오히려 엄마를 독점함으로 아버지를 타락하게 하여, 정상적인 가정을 뺏어간 남동생에게 누나가 연출한 온화하고 상냥한 복수극이 아니었을까.

「냄새의 수집」에서 그려지고 있는 것은 소중한 물건의 냄새를 코르크뚜껑이 달린 갈색의 유리병에 넣어두고 라벨을 붙여서 선반에 배열하는 여성이다. 냄새의 근원 부분을 유리병에 들어가는 크기로 분할해야 한다. 분할된 부분은 〈광물의 파편〉 〈야채의 조각〉이며, 때로는 옛 연인의 〈검지〉 〈이빨, 귓불, 젖꼭지, 혀, 안구〉이다. 광물과 야채와 절단된 인체를 동렬로 취급하는 것이 정화이전의 오가와 월드에서만 나타나는 것이라고 할 수 있다. 바람직하다고 생각하는 최종 도착점은 유리병에 잘 담아서 코르크로 마개를 닫아 버리는 완벽한 소유상태 밖에 달리 없다고 말하고 싶어 하는 것 같다.

호젠 노부히데는 이 단편집을 〈투명감과 그로테스크한 이미지가 동거〉하는 〈이미지의 표본상자〉(「이미지의 표본상자」 「슈칸 아사히」 04)라고 평가한다. 투명감과 그로테스크가 동거하는 경우에 그 가장 적합한 장소는 소녀(어떤 의미에서 소녀성을 제대로 지니고 있는 여성)의 내면이지 않을까라고 생각한다. 『눈꺼풀』의 깊은 바닥에 잠재하는 것은 소녀의 위험함은 아닐까. 순수하고 무책임하고 무질서한 무의식 속에서의 「악의」가 실은 가장 무서운 것이 아닐까.

오가와 요코가 그려내는 소녀가 그에 가깝다. 그래서 무섭다.

오가와 요코(小川洋子)의 문학 세계

『귀부인A의 소생』
-닫힌 세계로부터 열린 세계로-

오모토 이즈미

오가와 요코의 방법

『귀부인A의 소생』은 「쇼세쓰 TRIPPER」(99.6-01.6)에 연재되었다. 단행본은 2002년 2월 아사히 신분샤에서 간행되었다.

오가와 요코 문학의 특징이라고 할 수 있는 노파의 설정은 이미 「호랑나비가 으스러질 때」(89)에서 볼 수 있었다. 〈자수〉라고 하는 소품도 『자수를 놓는 소녀』(96)등에서 볼 수 있었다. 귀부인A의 원형은 「소생」(『우연의 축복』00)의 일본인처럼 보이는 자신을 아나스타샤라고 말하는 노파에서 시작된다. 유리 외숙모는 덩굴장미에 둘러싸인 〈A〉 모양의 자수를 집안의 모든 박제에 놓는, 질서 있는 일상적 영위 속에서 이미 죽은 남편과 대화를 계속 시도한다. 심한 강박장애를 갖는 니코의 설정 등과 함께, 「과거」를 〈소생〉시킨다는 모티브도 종래의 오가와 문학의 방법을 답습하고 있다고 할 수 있다.

그런데 종래의 문학에 비교해서 『귀부인A의 소생』에서는 유머를 의식한 여유가 더해져 외숙모는 진짜로 로마노프왕조 마지막 황녀 인가, 라는 역사적 수수께끼와 사랑이라고 하는 로맨티시즘에도 중 점이 놓이며 그려져 있다. 『귀부인A의 소생』에 있어서 오가와 문학 의 조류에 어떠한 변화가 일어난 것이다.

고독으로부터 가족이라는 공동체로

이야기는, 예를 들어 무라카미 하루키의 『바람의 노래를 들어라』 (79)를 떠오르게 하는 같은 방법으로, 화자인 〈나〉에게 있어서의 과거 (1980년 경)가 이야기되고 있다.

21살이었던 〈나〉는 2월에 외삼촌을 4월에 아버지를 여의는 〈죽음 의 계절〉을 경험했다.

〈망명러시아인〉인 유리 외숙모도 일본에서 유일한 연고자였던 남 편을 잃게 된다. 〈나〉에게 〈자신이 대단한 사람인 것처럼 신경써주는 인간이 이 세상에 한사람이라도 있다니, 연애를 하고 있는 것처럼 멋지지 않아요?〉라고 말하는 외숙모의 말에서 그녀의 외로움을 엿 볼 수 있다.

남자친구인 니코(ニコ)는 강박장애증상을 자기만의 〈의식(儀式)〉으 로 나타내는데, 그 때문에 〈나〉와 외숙모 이외의 모든 사람들로부터 소외되어 있다. 그 소외감은 세계의 어딘가에서 자신과 같은 증상을 갖고 있는 사람이 있다고 생각하면 마음이 안정되어 〈그 사람을 위 해 기도하고 있으면 자연스럽게 잠이 든다〉고 〈나〉에게 말하는 니코 의 말에도 나타나있다.

그리고 프리라이터이며 뒷거래로 박재의 중개업을 하고 있는 수상쩍은 오하라(オハラ)조차, 외숙모의 파란 눈동자에는 〈세계에 홀로 남은 고독〉이 숨겨져 있다고 보도자료를 쓰고 있는 것을 보면 이야기의 기조에 있는 것은 명백하다.

　　〈자신의 바로 옆에 그러한 고독이 숨어있다고 생각하는 것만으로 안심이 되다니 신기하다.〉

이야기는 이러한 등장인물들의 각각의 〈고독〉이 그려져 있다. 그리고 이야기는 그들이 각각의 〈고독〉을 어떻게 공유하고 치유하며, 자기변혁을 시도해 가는가의 기록이기도하다.

그것은 〈나〉 자신이 외삼촌의 유산으로 학비를 받는 대신에 외숙모와 같이 살며 돌본다는 〈합리〉적 동기부여가 있다고는 해도, 외숙모와의 공동생활을 〈새로운 계절〉이라고 표현하고 있는 것도 상징적이라고 할 수 있다. 〈죽음〉의 속박에서 해방되는 계기가 된 것이다. 돌본다/돌봄을 받는다는 관계는 상황에 의해 반전한다. 상대의 변화를 바라는 것이 아니라 각자의 존재를 그대로 받아들이려 하는 —진정한 의미에서의 개인주이라고 생각되는데— 관계가 구축되어 가는 것이다.

예를 들어 외숙모는 니코의 질병을 개성으로써 있는 그대로를 수용하고, 가벼운 스킨십도 하며 따뜻하게 바라본다. 애당초부터 〈나〉와 니코와는 성적인 관심을 넘은 남매관계 같은 인상도 매우 강하다. 〈나〉도 니코를 〈참을성 깊게〉 지켜보려고 한다. 니코도 〈나〉에게는 물

론, 외숙모의 모든 기괴한 언동도 자연스럽게 인정하려고 한다. 그
리고 외숙모의 TV방송 녹화가 성공리에 마칠 때 까지 오하라와 함
께 모두가 단결해 간다.

　이러한 관계는 가족과 같은 일종의 운명공동체라고 할 수 있다.
양수를 상징하는 것과 같은 수영장 안에서 수영하는 외숙모와 〈나〉
와 니코의 마음이 융합해 간다. 일본이라는 나라의 틀을 넘은 이미
지도 시사적이다. 이야기는 혈연에 의지하지 않는, 부권(父權)을 넘
은, 새로운 가족의 생성기록으로써 그려져 있는 것이다.

소생하는 살아있는 자

　그런데 외숙모가 자수에 집착하는 것마저 때때로 잊는 것처럼, 살
아있는 자들과의 행복한 시간은 과거를 소생하는 그 시간을 능가하
는 것이다. 외숙모는 주변의 사람들과 함께 변화해 간다. 이미 생활
을 같이 하는 가족이 이루어져 있기 때문에 더 이상 〈고독〉하지 않다.
외숙모는 〈외삼촌과의 결혼의 입회자였던 (박제)임팔라〉 위에 낙하하
여 숨을 거둔다. 비장감이 희박한 것은 〈외삼촌의 곁으로 돌아갔〉기
때문이다.

　서술되고 있는 현재 〈나는 외숙모의 마지막을 지켜 본〉 〈증인이 된
것에 긍지를 느끼고 있다〉. 〈자신에게 맡겨진 역할을 해〉낸 충실감을
느낄 수 있었다. 앞으로 〈나〉가 이야기하는 현재 이후로도 니코와 서
로 의지하면서 살아갈 것이라고 시사되고 있다.

　니코는 외숙모와 〈나〉를 만나고부터 주체적으로 〈새로운〉 〈행동요
법〉을 받게 되었다. 그는 외숙모의 비보를 듣고 달려왔을 때 〈의식〉

을 행하지 않았다. 내면이 성장하고 있는 것과 함께 증상도 개선되어 가고 있다고 생각된다.

　가장 변화가 큰 것은 오하라이다. 그는 경제적인 유용성만 생각하는 속물로 등장한다. 그러나 외숙모와의 교류를 통해 자신의 부끄러움을 알고, 박제와 같이 〈흙으로 돌아가는 것을 제지되어〉 〈이 세상에 남겨진 운명〉에 있는 자들을 향한 애착과 이해와 공감을 가질 수 있게 된다. 다소 지나치기는 하지만 외숙모의 죽음에 절규하며 우는 모습은 애정의 표현으로 생각해볼 수 있다. 오하라도 가족의 일원이 되어있던 것이다.

　「자수를 놓는 소녀」의 소녀의 자수는 죽은 자를 받아들이는 것이었다. 그러나 『귀부인A의 소생』에서는 제목에서 알 수 있듯이 외숙모를 지칭하는 아나스타샤(러시아어로 소생의 의미)를 포함하는 살아있는 자의 이른바 소생이 그려져 있다. 아나스타샤란 성장의 비유이기도 할 것이다. 『귀부인A의 소생』은 소생하는 살아있는 자의 이야기인 것이기도 하다.

오가와 문학의 분수령

　치노 보시는 「인터뷰 무언가가 있었다. 지금은 없다.」(「유레카」 04)에서 『귀부인A의 소생』과 『박사가 사랑한 수식』(03)과의 설정에 있어서의 상이성을 지적했다. 그것에 대해서 오가와 자신이 『귀부인A의 소생』을 집필했을 당시부터 〈유머〉와 〈장〉이라고 하는 공간의 확장을 의식하여 두 작품 모두 〈등장인물들이 친밀하게 마음을 맞대는〉 모습을 그렸다는 것을 분명하게 밝히고 있다.

　참고로 〈2라는 숫자〉에 집착하는 증상을 갖는 니코(니코는 일본어로 2
개라는 의미도 지닌다-역자 주)의 설정은 박사의 조형에도 연결되어 간다.
　종래의 오가와 문학은 일상의 시공에서 사람이 사라져간다고 하
는 〈죽음〉의, 이른바 닫힌 세계의 측면이 그려졌었다. 한편 『귀부인A
의 소생』에서는 살아있는 자를 성장시키고, 살아있는 자를 따뜻하게
포섭해 가는 〈죽음〉의 세계, 이른바 열린 세계가 그려지게 된다.
　그러한 의미에서도 『귀부인A의 소생』은 오가와 문학의 분수령의
위치에 해당한다고 생각해 볼 수 있다.

『박사가 사랑한 수식』
- 신의 수첩에 기록되어 있는 것 -

시미즈 요시노리

　본서는 오가와 요코의 독자층을 큰 폭으로 확대한 획기적인 장편이다. 세토나이카이(瀬戸内海)라는 바다에 면한 작은 마을에서, 1992년 가정부소개조합으로부터 파견된 〈나〉는 1975년 교통사고 이후 80분밖에 기억을 유지하지 못하는 64살의 수학박사의 집에서 일하게 된다. 사고 이전의 수학지식과 계산능력에는 변화가 없지만, 이후의 인간관계와 사건의 기억은 전혀 없다. 인간적 드라마의 정보가 통용하지 않고, 수학만이 불변의 정보라고 하는 점이 이 작품의 큰 특징임에 틀림없다.

　소설은 특별히 문과계의 인간만이 읽는 것은 아니다. 그러나 비율로 말하자면 압도적으로 문과계일 것이다. 그 소설에서 수학의 세계가 이렇게 중요한 요소로써 등장한다는 설정은 어떤 의미에서는 큰 리스크를 범하는 것이다. 수학적 설명에 난처해하며 소설을 던져버릴 독자가 있을 지도 모르는 리스크이다.

이 소설에서 넘어야 할 허들이 두 개 있다. 기억이 갱신되지 않는 인간을 중요한 역할로 두는 장편 드라마가 가능할까라는 점이며, 또 하나는 방금 서술한 것처럼 수학의 세계에 경원당하지 않고 독자를 어떻게 유도할지이다. 이 두 개의 과제를 본서는 훌륭하게 클리어하고 있다.

수학은 이른바 산술의 세계만이 아니다. 수학에도 일종의 농후한 로맨티시즘이 존재한다. 수학이라고 하는 언어에 의한 시(詩)가 존재한다. 문학과 결코 멀지 않은 그 수학의 매력, 혹은 마력과 같은 것을 본서는 훌륭하게 끄집어내고 있다. 예를 들어 〈나〉와 박사와의 만남은 신발 사이즈에서 시작된다. 발 사이즈가 24(일본에서는 발 사이즈를 cm로 표기한다-역자 주)라고 말하자, 박사는 〈4의 계승〉이라고 하는 〈깨끗한 숫자〉라고 칭찬한다. 그리고 전화번호는 〈1억까지의 사이에 존재하는 소수(素數)의 개수와 동등한〉 수열이다. 박사는 〈소수〉를 좋아한다. 어떤 숫자에도 나눠질 수 없는 소수는 박사라고 하는 고독한 존재, 절대적인 혼자를 상징하고 있다. 그리고 〈나〉의 생일 2월 20일 즉, 220은 박사가 대학생 때 학장상으로 받은 기념시계의 번호인 284와 〈친화수(友愛數)〉인 것을 증명한다. 즉 이 소설에 있어서 수학적 언어는 대부분 소설적인 감정이입의 표현과 인간관계 묘사의 은유로써 나타난다. 이 법칙이 이해되었을 때 본서에 충만한 수학적 설명은 모두 이야기의 중요한 정보로써 이해할 수 있게 된다. 수학의 로맨티시즘이 본서에 있어서는 이야기의 중요한 구축요소가 된다. 수학이라고 하는 다른 세계의 벽을 본서에서 훌륭하게 초월할 수 있었던 이유는 거기에 있다.

박사는 〈나〉의 아들의 평평한 머리와 삐쳐있는 머리카락모양 때문에 〈루트〉라고 부르게 된다. 박사와 루트는 야구팀 타이거즈라는 요소로 연결되어 있다. 박사는 에나쓰(江夏) 팬이며, 루트는 타이거즈 팬. 두 사람이 야구장에 관람하러 갔을 때의 좌석번호가 〈7-14〉와 〈7-15〉라는 조합에 박사는 흥분한다. 〈714와 715의 곱셈은 최초의 7개의 소수의 곱과 같다〉. 혹은 〈714의 소인수의 합과 715의 소인수의 합은 같다〉. 이러한 연속하는 정수의 페어는 〈20000이하에는 26페어 밖에 존재하지 않는다〉고 박사는 말한다. 그것은 그와 루트와의 마음이 맞는 친애관계를 수학적 언어로 전달하고 있는 것이다.

그러나 이것은 단순하게 인간관계의 성립에 의해 완결하는 이야기는 아니다. 가장 중요한 것은 이 세상의 인간과 〈신〉과의 관계인 것이다. 숫자의 신비의 배후에 〈신〉이라고 하는 초월적 존재를 세우는 것, 그것이 이 이야기의 요점인 것이다.

박사가 사랑하는 에나쓰의 등번호는 28. 그것은 〈약수를 더하〉면 그 숫자가 된다고 하는 〈완전수〉이다. 〈완전수 이외에는 약수의 합이 그것 자신보다 크게 되거나 작되 되거나〉여서 〈큰 것이 과잉수, 작은 것이 부족수〉라고 한다.

「1만큼 작은 부족수는 얼마든지 있지만, 1만큼 큰 과잉수는 하나도 존재하지 않아. 아니 아무도 발견하지 못하고 있다는 게 바른 표현일지도 몰라」

「왜 발견되지 않는 거죠?」

「이유는 신의 수첩에만 쓰여 있지」

　여기서 〈신의 수첩〉이 등장함으로써 이 소설은 한꺼번에 큰 비약을 이룬다. 즉 〈나〉와 루트, 박사라고 하는 현세의 인물관계가 〈신〉이라는 차원의 관계에서 가늠되게 되는 것이다. 그 〈신〉과 〈현세〉와의 관계는 플라톤의 이데아론을 떠올리게 한다. 이데아란 인간의 절대적인 무지에서 출발하여 대화(변증법)에 의해 진리에 접근한다고 하는 플라톤의 사상의 기반이 되는 생각이다. 플라톤에 의하면 진리인 이데아는 현세에서 짐작할 수 없는 예지로써 존재하여, 우리들이 향유하는 이 세계의 지혜는 모두 그 이데아에서 희미하게 던져진 「그림자」이다. 명료하게 그것을 엿볼 수 있는 일화가 있다. 저녁에 식탁에서 박사가 〈나〉에게 직선을 그리게 한다. 〈나〉는 광고지 뒷면에 긴 젓가락으로 자를 삼아 〈직선〉을 그린다. 그것을 박사는 직선의 바른 정의와 비교하면 〈그리는 것은 불가능〉하며, 〈진실의 직선〉은 〈여기에만 있다〉며 자신의 가슴에 손을 얹는 것이다. 플라톤도 똑같이 예를 들어 이데아를 설명하고 있다. 예를 들어 「원」을 지면에 그릴 때, 진짜 원의 정의와는 동떨어진 그림인데도 그것을 사람들은 「원」이라고 이해한다. 그 때 외부로부터의 「원」의 이데아가 그 그림에는 투영되어 있는 것이다.
　그 이야기를 들은 〈나〉에게 어떠한 깨달음이 생긴다.

　　고픈 배를 감싸 안고 사무실의 바닥을 닦으면서 루트 걱정만 하고 있는 나에게는, 박사가 말하는 영원히 바른 진실의 존재가 필요했다. 엄숙하게 어두움을 꿰뚫는, 폭도 면적도 없는, 무한으로 이어져 가는 한 줄의 진실의 직선. 그 직선이야말로 나에게 희미한 평안을 가져왔다.

이 〈평안〉의 출현이 이 소설의 성공비결이라고 해도 과언이 아닐 것이다. 절대적인 외부인 〈영원히 바른 진실의 존재〉는 이 세계의 고생도 불안도 〈공복〉도, 생과 사 조차, 모든 인간계의 자질구레한 변화로써 상대화해 준다.

이른바 〈신의 수첩〉의 세계를 이어주는 키워드로써 오일러의 공식이 등장한다. 박사의 형수가 〈나〉를 오해했을 때(이 부분은 소설의 가장 드라마틱한 클라이맥스이다), 박사가 말없이 건넨 메모에 쓰인 수식이다. 〈π와 i를 곱한 수로 e를 거듭제곱하여, 1을 더하면 0이 된다〉는 그 공식을 〈나〉는 다음과 같이 "번역"한다. 〈어디에도 원은 등장하지 않는데 예기치 않은 하늘에서 π가 e의 옆으로 내려와 부끄럼쟁이 i와 악수한다. 그들은 모여 앉아 가만히 숨을 죽이고 있는데, 한사람의 인간이 한 개를 더한 순간, 어떠한 예고도 없이 세계는 전환한다. 모든 것이 0으로 꽉 껴안아지게 된다〉.

이 공식을 더 나아가, 형수의 개입에 의해 간신히 쌓아올린 인간관계가 파괴된다라는 메시지로 받아들일지, 그녀가 참여만 한다면 영원한 평화를 얻을 수 있다고 받아들일지에 따라 〈0〉의 의미가 전혀 달라진다. 박사와 〈나〉 가족의 결합에 형수가 대립한다면 전자이지만, 그녀가 융화했을 때에는 후자가 된다, 라는 식으로 읽고 싶다. 그리고 사실, 후자의 결말을 맞게 되어 박사는 원만하게 생의 마지막을 맞이할 수 있었다. 박사와 형수의 비밀스런 사이도 이렇게 해서 〈진실의 존재〉로 승화해 가는 것이다.

박사가 사랑한 수식 / 수식 속에 묻힌 사랑

하라 젠

『박사가 사랑한 수식』은 제5회 요미우리문학상과 제1회 서점대상을 수상하며 오가와 요코 붐에 더해 수학 붐까지 일으킨 바야흐로 오가와 요코의 대표작이 된 작품이다. 그러나 「기숙사」(90) 『얼어붙은 향기』(98)와 이어지는 수학지향의 흐름과 『고요한 결정』(94)을 대표하는 기억 모티브의 흐름이 합류한 곳에서 성립한, 틀림없는 오가와 요코의 작품이면서도 『박사가 사랑한 수식』에서 〈오가와 월드〉가 〈인간의 냄새를 풍기기 시작하고〉(미즈하라 시온 「유레카」 04.2), 〈유용성의 방향으로 전환하고〉(이쓰지 아케미 「유레카」 04.2), 〈오가와 요코가 다른 큰 전환점을 맞이했다〉(이토 우지타카 「유레카」 04.2)고 하는 식으로 오가와 작풍이 일변한 것처럼 평가되기도 한다. 확실히 『박사가 사랑한 수식』은 (열광의 배경에 있었다고 생각되는, 선행하는 붐을 일으킨) 가와카미 히로미 『선생님의 가방』(01.6)과는 다르게 (나이차이 있는 남녀 간의 기묘한 사랑이 나타나는) 가정부인 〈나〉와 박사와의 교류에 〈나〉의 아들 루트와 박사와의 순수한 교류가 그려져 있는 점은, (물론 「가이드」(01)와 같은 작품도 있었지만) 지금까지의 오가와 작품과는 다른 점이며 〈박사와 평범한 모자의 마음 따뜻해지는 교류의 이야기〉(간다 노리코 「유레카」 04), 〈박사와 「나」와 아들 루트의 성가족이 만들어내는 기적의 이야기〉(가와모토 사부로 「유레카」 04.2)라는 평가를 낳은 유사적인 가족애를 그리고 있는 것처럼도 보이는 작품이다.

그러나 가족애라고 하는 점에서는 배후에 또 하나 유사적관계라는 점에서도 공통되는, 박사와 형수와의 그것이 있었다는 것을 잊어서는 안 된다. 〈내가 없는 동안 미망인이 도와주고 있는 것은 틀림없다. 그러나 내가 일하는 중에 그녀가 모습을 보인 적은 절대 없었다. 안채와의 왕래를 그렇게 엄하게 금지하는 것은 왜일까, 이해할 수 없었다〉라고 하는 〈나〉의 의문은 〈어쩌면, (……) 미망인은 나에게 질투하고 있는 것인지도 모른다, 라는 의문〉으로 발전하여 그 이전에 복선적으로 제시되어 있던 〈이것도 저것도 갈겨쓴 것으로 대부분 수식 속에 매몰되어 있는 것 같은데도, 신사복에 꽂혀 있는 메모보다는 훨씬 생명력이 넘치고 있었다〉(방점 필자)는 〈『14:00도서관 앞, N과』라는 메모의 〈N은 누구일까〉라는 의문과 뒤얽히며 작품은 진행된다. 그리고 마지막에는 박사가 기억을 잃는 원인이 된 교통사고에 있어서 〈조수석에 타고 있던〉 것이 〈형수 XX씨〉였다는 것을 밝혀주는 신문기사가 소개되며, (야구카드가 들어있는 캔의 이중바닥에 숨겨져 있던) 29살의 박사의 논문 사이에 껴있던 〈얼마나 많은 시간이 흘렀던, 그것이 안채의 미망인이라는 것은 잘못 볼 리가 없는〉 여성과 박사가 찍은 사진이 〈가까이 붙어있지 않지만, 두 사람 사이에 친밀함이 통

하고 있는 것은 지금 봐도 전해지는) 종류의 것이었으며, 논문에는
〈─영원히 사랑하는 N에게 바칩니다 당신이 잊어서는 안 될 사람으
로부터─〉라고 쓰여 있었다는 사실이 밝혀지는 부분에 이르면 유사
적 근친상간이라고까지는 할 수 없지만, 상당히 패륜적인 형수와 박
사의 관계가 존재하고 있었던(혹은 존재하고 있는) 점은 확실하고, 〈4인
의 등장인물에 의해 이루어진 매우 「아름다운」 이야기입니다.〉(마에
다 루이 「유레카」 04.2)라고는 결코 말할 수 없는 짙은 부분을 배후에 숨
기고 있는 것이다.

그 중에서 제목이 말하는 〈박사가 사랑한 수식〉이란 무엇인가라고
하면, 언뜻 〈「훌륭해. 이렇게 아름다운 식을 만들다니. 훌륭해, 루
트」〉라고 박사가 절찬하는 〈5×9+10=55〉의 식처럼 보이기도 하고,
〈박사와의 짧은 교제 속에서 어느 샌가 나는 수학기호에 대해 음악
이나 이야기에 대한 것과 같은 상상력을 하게 되었다. 그 매우 짧은
수식에는 버려둘 수 없는 중량감이 있었다〉라는 부분에 비추어 본다
면 작품 중에 몇 개나 제시되는 모든 수식이라고도 생각할 수 있지
만, 〈이후 계속 루트의 사진이 빛바래고 나서도 계속 나는 박사의 메
모를 버리지 않고 갖고 있다. 오일러의 공식은 나에게 있어서 지주
이고 경구이며 보물이며, 유품이었다〉라고 반복되는 오일러의 공식
($e^{\pi i}+1=0$)이라고도 할 수 있다.

그런데 그 오일러의 공식은 (무한으로 계속되는 e와 π, 눈에 보이지 않는 상
상의 수 I, 라고 하는 각각의 등장인물을 대입하여 작품을 여러 모양으로 해독하고 싶
은 유혹을 느끼면서), 〈박사가 사랑한 수식에 의해 형수의 태도를 한 번
에 바뀌게 한 의미가 구체적으로 나타나지 않은 것은 무언가 부족하

다)(다카하라 에리)라는 평가도 있는 것처럼, 거기에 담겨진 상징성은 알기 어렵다. 그러나 그 해석은 차치하고 주의해야할 것은 그 장면에서 수식이 제시되어 박사와 두 번 다시 만날 수 없는 위기에서 모면한 것도 그 의미가 (후에 도서관에서 조사하여 이해한 〈나〉에게가 아니라) 형수에 의해 이해되었기 때문이라고 하는 것이다. 박사와 미망인과의 사이에는 이 공식을 둘러싼 (독자에게는 마지막까지 그 의미가 숨겨진다) 암묵의 대화가 이루어져 있었던 것으로 그들 사이에는 그 해석코드를 공유하는 농밀한 사랑의 기억이(80분밖에 기억이 유지되지 않는다고 하는 기억 기능의 장애와는 대조적인 형태로) 실은 지금도 지속되고 있는 것이다. 〈이미 몸에 스며든 수학적 흥미와 지식만은 상실하지 않았다는 점〉(시미즈 요시노리 「유레카」 04.2)이 주목되어 〈새로운 기억을 갖지 않는 것에 의해 박사는 수식 박물관의 완벽한 주민이 된다. 수학이라고 하는 추상적인 세계에 살 수 있다〉(전게 가와모토 론)라는 식으로 박사에게는 수학만이 순수한 기억으로 남은 것처럼 이해되기 십상이나, 작품 마지막 부분에 〈「제가 있어요. 시동생은 당신을 기억할 수 없어요. 하지만 나는 평생 기억하지요.」〉라고 미망인이 〈나〉에게 말하듯이 교통사고 이전의 기억이 박사에게 그대로 남아있다고 한다면, 형수와의 기억은 매일아침 선명하게, 따라서 그에게 잔혹하게 떠오를 것이다.

〈나〉는 경솔하게도 박사가 매일아침 가졌을 충격에 눈치 채지 못한 것을 다음과 같이 애석해한다.

매일아침 눈이 떠져 옷을 입을 때마다 박사는 자신의 병을 스스로 쓴 메모에 의해 선고된다. 아까 본 꿈은 어젯밤이 아니라 먼 옛날, 자신이 기억할 수 있는 마지막 밤에 본 꿈이라고 알게 된다. 어제의 자신은 시간의 깊은 못에 추락하여 또다시 되돌릴 수 없다고 깨닫고는 실망에 빠진다. 파울볼로부터 루트를 지켜준 박사는 그 자신의 안에서는 이미 죽은 자가 되어 있다. 매일매일 홀로 침대 위에서 그가 이러한 잔혹한 선고를 받고 있었다는 사실에 나는 한 번도 생각이 미친 적이 없었다.

그러나 자신의 기억의 비연속성에 대한 고뇌와 별도로 혹은 그것이 더욱 증폭된 형태로, 형수와 지금에 와서는 불가능한 사랑의 고뇌를 박사는 반복하는 것이다. 안채의 노부인이 금단의 사랑의 상대인 형수라는 것을 인정하는 것으로 시작하여 과거에 가장 사랑했던 형수의 기억과 눈앞의 노부인과의 갭, 그 이상으로 (교통사고 당시 차에 동승하고 있는 것 같은) 사랑의 지복의 순간으로부터 갑작스럽게 늙어빠진 지금으로 바뀌어 사랑이 불가능함을 알게 되는, 이른바 판도라의 상자체험이라고도 할 수 있는 것을 박사는 매일아침 반복해서 느끼고 있는 것이다.

이러한 점에서 오가와 요코의 작품세계가 변질되었고 〈이전의 생생한 페티시즘과 투철한 냉랭함이 숨을 죽이고 여기서는 배려가 넘치는 따뜻함이 전편을 지배하고 있다〉(전계 이토 론)라고도 평가되는 『박사가 사랑한 수식』이지만, 『박사가 사랑한 수식』에는 그 이전과 동일하게 오가와 요코적인 생생하고 잔혹한 부분도 또한 아름다운 수식 속에 매몰되어 있으면서도 틀림없이 존재하고 있는 것이다.

오가와 요코(小川洋子)의 문학 세계

『브라만의 매장』의 리얼

〈여름의 시작〉인 어느 아침 〈나의 곁에 찾아온〉 작은 생물, 브라만. 말라비틀어지고 누군가에게 쫓겨 상처 입은 몸을 〈나〉에게 맡기는, 그 〈온기〉를 받는 〈나〉. 치유하고 치유되는 것에서 시작되는 이 이야기는 그 만남에서부터 브라만의 갑작스러운 죽음에 의해 중단되기까지 대부분 둘의 관계에서 완결하고 있다고 말할 수 있다. 브라만은 〈나〉의 말을 듣고 〈나〉는 브라만을 이해하려고 노력한다. 인간과 인간이 아닌 존재와의 교감. 식상할지도 모르지만, 작품의 테마(그런 것이 있다면 말이지만)를 우선 그렇게 말할 수 있을 것이다. 왜냐하면 지금까지 오가와 요코의 작품 속에서 인간과 인간이 아닌 존재와의 관계를 그린 작품이 없기 때문이다. 게다가 사실대로 말하면 오가와 요코의 열렬한 독자가 아니어서 확실하지 않지만, 물론 아예 없지는 않다. 예를 들어 「저녁녘의 급식실과 비 내리는 수영장」의 〈쥬쥬〉(개), 「벵골호랑이의 임종」의 〈호랑이〉, 『우연의 축복』의 〈아폴로〉(개) 등을 열거할 수 있을 것이다. 그렇지만 이러한 동물들은 반려자적 존재이거나 점경으로써 그려졌으며, 인간이 아닌 존재와의 농밀한 관계 그 자체가 작품의 중심을 이루고 있는 것은 아니다. 그렇다면 『브라만의 매장』은 메르헨적세계인가? 한순간 그러한 이미지를 떠올리지만 그렇게 간단하지 않다. 만약 그렇다면 브라만이 〈나〉에게 사람의 말로 말을 걸 수도 있고 또는 〈나〉가 숲 속 깊은 곳에 있는 브라만족의 세계에 초대된다고 하는 일이 일어나도 좋을 것이다. 너무 단순한가.

그렇지만 작품은 생각한 것보다 훨씬 리얼하다. 〈마을〉에는 철도와 자동차가 달리고(문명), 숲 속의 수맥을 둘러싸고 〈샘물 도둑〉이라 불리는 너무나도 빈틈없는 토지개발회사도 나타난다. 얼핏 보면 평온한 이 세계 속에도 버블경제의 여파가 확실하게 나타나고 있는 것을 알 수 있다. 따라서 인간이 아닌 브라만도 말하지 않는다. 브라만이 죽기 직전에 흘러나온 〈작은 비명〉을 듣기까지 〈나〉는 브라만의 목소리조차 듣지 못하는 것이다. 그리고 브라만은 죽는다. 죽음은 우리들이 직면하지 않으면 안 되는 무거운 현실의 하나이지만, 그것이 모든 것을 무로 돌려버리는 현상이라고 한다면, 〈나〉가 브라만의 〈꼬리〉〈자는 방법〉〈식사〉〈발소리〉 등, 그 세부(리얼리티)에 주시하여 그의 「생태」를 이야기 속에서 별도로 고딕체로 기록해 가는 것도, 브라만이라는 존재가 분명히 이 세상에 존재했던 것을 필사적으로 밝히려는 행위라고 생각된다. 바꿔 말하자면, 사라진 존재를 입증하려고 하면 할수록 죽음이 현실로써 인식되지 않을 수 없다는 것을 이야기하고 있다.

그런데 현명한 독자는 이미 아셨겠지만, 본편의 주인공 브라만은 아마도 우리들이 잘 아는 생물의 종류가 아니다. 개나 고양이 같은 애완동물은 더욱이 아니다. 작품 속에서는 일반명사로 불리는 일은 한 번도 없는 것이다. 그 대신에 브라만이라고 명명되고 처음으로 「이 세계」에 편입된다.

사이토 다마키가 말한 바와 같이, 브라만은 힌두교의 최고신의 이름이다. 그렇지만 주의해서 읽으면 작품 속에서는 그 의미가 비문조각가에 의해 〈수수께끼〉라고 알려진다. 브라만이란 그러니까 정체를 알 수 없는 존재(=수수께끼)의 모습을 그대로 표현하고 있는 것이라고 봐야할 것이다.

이름 이상으로 주목되는 것이 작품 속에 그려진 공간이다. 〈마을〉, 《창작자의 집》, 고대묘지의 언덕. 작품은 이들 공간이 조합된 형태로 성립되어 있다. 예를 들어 《창작자의 집》은 이런 식으로 설명되어 있다.

> 〈창작자의 집〉은 마을 중심에서 자동차로 남쪽으로 10분정도 달린다. 전원 속에 자리한다. 밭과 풀밭이 펼쳐진 풍경 속에 군데군데 울창하게 들어찬 숲이 있고, 대체로 그 중간에 한 채씩 농가가 서있다. 이 주변의 토지 특유의 계절풍을 피하기 위해서이다. 〈창작자의 집〉은 그러한 오래된 목조 농가를 개조해서 만들어졌다.
>
> 원래는 어느 출판사의 사장이 별장으로 사용하고 있었지만, 그가 죽은 후 유언에 의해 모든 창작활동에 힘쓰는 예술가들에게 무상으로 작업장을 제공하기 위한 집으로 다시 태어났다.

〈나〉는 그 〈입주관리인〉이며 잡무 〈모든 것을〉 처리하는데, 그러한

《창작자의 집》에서는 〈어떠한 사양도 필요 없〉고, 〈모든 것이 자유〉롭다. 〈나는 예술가이다, 라고 말하기만 해도 누구나 숙박이 가능하다〉. 이른바 《창작자의 집》은 일종의 비일상이며 축제적 공간-경사의 장을 형성하고 있다고 할 수 있다.

　반면 〈마을〉에 대해서는 이렇게 얘기하고 있다.

　　월요일, 잡화점에서 물건을 배달하러 왔다. 마을의 역 앞에 있는 작은 가게이지만, 전화만 하면 매주 정해진 요일에 세제나 등유나 문방구여도 뭐든지 배달해준다.

　잡화점에서 배달해 오는 것은 〈세제〉 〈등유〉 〈문방구〉 등, 〈뭐든지〉이다. 금방 알 수 있듯이 〈뭐든지〉는 생활용품에 한정된다. 게다가 그것은 정해진 요일에만 배달된다. 〈마을〉은 어느 일정한 리듬을 갖고 있는 것이다. 이것은 무엇을 의미하는 것일까. 말할 필요도 없다. 일상이다. 《창작자의 집》이 비일상의 공간, 경사의 장이었다고 한다면, 〈마을〉은 일상의 공간, 일상의 장이라고도 할 수 있다. 그 뿐만이 아니다. 〈마을〉은 철도에 의해 도회와 연결되어 있으며, 항상 사람·물건·정보가 오간다. 이러한 사람·물건·정보는 경제활동을 생성할 것이다. 우리들의 일상생활이 이러한 경제활동에 의해 작동하고 있는 것에 대해서는 말할 필요도 없다.

　그렇다면 고대묘지의 언덕이 무엇을 의미하고 있는지는 이미 분명하다고 생각된다. 〈화장(火葬)〉이 보급되어 있지 않던 시대, 나라의 실력자들은 사후세계에서도 윤택하게 생활할 수 있도록 호사로운 석관을 만들었다). 〈시대가 지날수록, 서민 중에서도 사랑하는 사람을 석관에 거두어, 그 혼이 영원하도록 바라는 사람들이 나타났다). 그런데 무거운 석관을 옮기는 것이 어렵다는 것을 안 사람들은 시체를 목관에 넣어 강에 떠내려 보냈다. 즉 〈시체를 옮긴〉 것이다. 〈그것을 끌어올려 석관에 거두어 가족을 대신하여 매장하는〉 것이 매장인 이다. 그래서 그들은 〈마을의 가장 남단, 언덕을 하나 넘으면 바다인 경사면에〉 매장했다. 거기가 〈고대묘지〉인 것이다.

　　관은 모두 뚜껑이 열려져 있다. 바로 옆에 떨어져 있는 것도 있고, 없어져버린 것도 있다. 그리고 안에 거두어져 있어야할 죽은 자의 모습도 사라져 버렸다.
　　그들은 모두 어디에 가버린 것일까. 죽은 자를 장식하는 보석과 호화로운 직물과 함께 누군가 가져가버린 것일까. 아니면 오랜 시간을 걸쳐서 뼛속까지 모두 증발해 버린 것일까.
　　지금 거기에 남아있는 것은 적은 빗물 뿐이다. 빗물에는 장구벌레가 꾀고 낙엽이 떠있으며 갈매기의 배설물이 잠겨있다.

　현재의 〈고대묘지〉의 모습은 관의 뚜껑이 모두 열려져 〈안에 거두어져 있어야할 죽은 자의 모습도 사라져 버렸다). 게다가 석관에 빗물이 들어가 〈장구벌레가 꾀고 낙엽이 떠있으며 갈매기의 배설물이 잠겨있다). 분명히 여기서는 이전의 〈고대묘지〉가 감고 있던 신비성이 벗겨져 버려 물건으로서의 석관이 있는 그대로 방치되어 있다. 그렇지만 〈아무렇게나 제멋대로의 방향으로 넘어져 있는〉 많은 석관

은 마치 〈길을 가로막는 미로〉같다. 게다가 어느 경계를 넘으면 〈고
대묘지〉는 다른 양상을 보이기 시작한다. 예를 들어 잡화점의 딸이,
도회에서 오는 보건소 직원인 남자친구와 만날 때마다 오르는 〈고대
묘지의 가장 깊은 곳〉에 있는 〈사당〉에는 〈거기까지 오는 사람은 거
의 없다〉. 〈매장인에게 건져지지 않고, 바다에 떠밀려 가버린 사람들
의 유령이 나온다고 소문나 있기 때문〉이다. 〈유령들은 언덕을 올라
오는 사람을 바다에 끌어가 자기 대신에 바다에 빠지게 하고, 오랜
원한을 풀고 사당의 석관에 숨어들려고 대기하고 있다〉. 그곳은 단
순히 매장지가 아니다. 인간의 침입을 거부하고 그 한계를 넘으면
〈유령에게 바다로 끌려가 버린다〉. 그러한 의미에서도 고대묘지의
언덕은 금기의 공간, 부정(不淨)의 장, 따라서 또한 비일상의 공간인
것이다.

　지금《창작자의 집》을 경사의 장, 고대묘지를 부정의 장이라고 지
적했다. 그러나 그들 세계는 그대로 완결되고 있는 것이 아니다. 이
미 봐온 것 같이《창작자의 집》에는 항상 잡화점이 일상을 운반해오
는 것에 의해 축제적인 공간에 균열이 생긴다. 한편, 〈고대묘지는〉
〈사당〉 안에서 잡화점의 딸과 보건소의 남자가 다정하게 지내고―현
실적인 남녀관계가 끌어들여져, 가장 터부시되는 공간에 쐐기를 박
아 넣는다. 일상이 잠입하는 것에 의해 비일상의 공간이 상대화되어
버리는 것이다. 그러한 균열은 다음의 브라만을 둘러싼 〈나〉와 잡화
점의 딸의 대화에 단적으로 나타나 있는 것은 아닐까.

　　「우선, 규칙위반 아니야? 숲의 동물을 몰래 키우다니」

「〈창작자의 집〉에 그런 규칙은 없다고 생각하는데」

「그렇지 않아. 사회의 법률이야. 그 친구는 말이야, 원래는 생물선생님이니까 동물을 잘 알아. 그가 알게 되면 분명히 잡으러 올 거야.」

잡화점의 딸은 〈사회의 법률〉을 주장하고 〈나〉는 《창작자의 집》의 「원리」를 그에 대치시킨다. 〈나〉가 브라만과의 내밀한 관계를 밝히려는 순간, 그것을 그녀는 거절한다. 자신들의 비일상 세계와 친화를 요구하려할 때, 그녀의 일상이 그것을 거절하는 것이다. 이 때, 메르헨적 세계에 균열이 생긴다. 그렇기 때문에 잡화점 딸이 운전하는 자동차에 의해 브라만이 깔려 죽는 작품의 클라이맥스는 상징적이다. 「브라만의 매장」은 동화적, 우화적 세계가 만들어지려고 하는 순간에 일상성에 의해 그것이 붕괴된다고 하는 방법이 채택되어 있다고 생각된다.

특별히 오가와의 작품이 재미없다고 말하려는 것이 아니다. 오히려 반대이다. 쓰게 미쓰히코도 말하고 있듯이, 지금까지 오가와 요코의 작품은 〈현실과 환상이 경계가 없는 형태로 교착하는 세계〉〈죽은 자의 세계와 살아있는 자의 세계의 교감〉을 그리고 있다고 지적되어 왔다. 물론 이 작품에서도 그러한 세계는 분명히 그려져 있다. 그렇지만 지금까지 봐 온 것 이상으로 비일상성을 거부하고 있다. 일상의 다이너미즘에 의해 비일상성을 무너뜨려 버리는 것. 『브라만의 매장』에서 볼 수 있었던 것은 그러한 리얼리즘이며 동시에 오가와 요코의 「냉담한」 시선인 것은 아닐까. 발전사관 같은 표현을 하자면, 만약 최신작이 작가의 그 시점에서의 퀄리티의 높음을 이야기하는 것이라면, 바로 여기에 오가와 요코의 하나의 가능성이 제시되고 있다고 말할 수 있다.

『안네 프랑크의 기억』
-『안네의 일기』와의 행복한 만남 -

이시지마 유미코

　『안네의 일기』라고 들으면 가장 처음에 떠오르는 것은 안네프랑크가 미소 짓고 있는 사진이다. 어깨에 걸친 검은머리와 큰 눈동자가 인상적인 소녀가 곧바른 시선을 이쪽을 향하여 미소 짓고 있다. 그 사진은 매우 밝다. 마침내 소녀가 겪을 어두운 운명을 조금도 느끼게 하지 않을 만큼 빛나고 있다.

　오가와 요코가『안네의 일기』와 만난 것은 중학교 1학년이었을 때라고 한다. 그녀는『안네의 일기』를 〈처음부터 순수한 문학〉으로 읽고 〈말이란 이렇게 자유자재로 사람의 내면을 표현해 주는 것인가〉라는 놀라움과 기쁨을 느끼고 바로 안네의 흉내를 내어 일기를 쓰기 시작했다고 한다. 〈이유 없이 그냥 단지 쓰고 싶다고 하는 욕구가 내 안에도 숨어있는 것을 발견했다. 그 때 나는 살아가기 위한 유일하고 가장 좋은 수단을 손에 넣었다고 생각한다〉고 안네와의 만남을 적고 있다.

일반적으로『안네의 일기』는 반전이나 인종차별반대를 제창하는 문학으로써 읽히는 경우가 많다. 나치 독일에게 박해당한 유대인이라는 구조만이 거론되어 다소 예민한 감각으로 받아들여지고 있다. 대학살문학으로 자리매김하고 있으며, 어느 쪽인가 하면 내용보다는 그 존재가 중시되는 경향이 있다. 오가와 요코처럼 〈하나의 순수한 문학〉으로써『안네의 일기』를 읽을 수 있던 사람은 실은 의외로 적다는 느낌이 든다. 많은 사람들은 안네의 인생비극적인 면에만 마음을 뺏기어『안네의 일기』그 자체의 문학성은 알아차리기 어렵다. 아마 오가와 요코는 독자로서『안네의 일기』와 가장 행복한 형태로 만날 수 있었던 것은 아닐까.

『안네 프랑크의 기억』은 오가와 요코가 작가로서의 원점이기도 한『안네의 일기』에 대해 이것 저것 생각하면서 안네 프랑크의 연고지를 방문하는 기행문이다. 이야기의 세계는 모두 머릿속 안에서 만들어내는, 소설을 쓰기 위해 취재를 나가지 않는다고 하는 오가와 요코에게 있어서 이번 여행은 특별한 사건이었다고 생각된다. 그녀에게 여행을 결심 하게 한 것은 〈나는 지금도 살아 있어서 말의 세계에서 자신을 찾아내려고 한다. 그것을 안네 프랑크에게 감사하고 싶은 마음이다〉라고 하는 안네를 향한 순수한 마음에서였다. 안네와 같은 풍경 속으로 들어감으로써 살아 있다면 안네가 자아내었을 말들의 잔상을 조금이라고 느껴보고 싶다고 하는 바람을 담아서 출발했다고 한다.

여행은『안네의 일기』가 쓰인 장소인 프랑크푸르트의 안네 프랑크 하우스에 가는 것에서 시작된다. 여기는 안네가 비밀경찰의 손에 의해 강제수용소에 보내지기까지 2년간 숨어 살던 집이다. 오전 9시의 종소리가 들리고 은신처로 연결되는 회전식 책꽂이를 보면서 오가와 요코는『안네의 일기』에 쓰인 은신처의 묘사를 강하게 의식한다.

이번 여행은 안네의 연고지를 방문하는 것과 또 하나는『안네의 일기』에 등장하는 안네와 가까웠던 사람들과 만나는 것이었다. 암스테르담에서는 안네의 친한 친구로 〈이별의 편지〉를 받았던 재클린씨와 만난다. 재클린 "요피" 반 마레슨은『안네와 요피 내 친구 안네와 사춘기를 함께 보내며』의 저자이다. 오가와 요코는 재클린씨가 받았던 마음의 상처를 배려하면서 말을 고르며 대화를 이어간다. 그런데도 헤어질 때까지 자신이 배려가 없는 대화를 한 것은 아닌가하고 고심한다. 그리고 다음으로 이번 여행의 최대 목적인『추억의 안네 프랑크』의 저자 미프 히스와 만난다. 미프씨는 안네들이 비밀경찰에 의해 끌려간 뒤, 은신처에서『안네의 일기』를 주워 모은 사람이며 지금은 85세의 노부인이지만『안네의 일기』가 쓰였을 즈음을 방불케 하는 아름다움과 강한 의지의 주인공이다. 〈일기는 안네의 생명 그 자체〉라고 하는 미프씨의 말을 듣고 일기를 생명과 똑같이 다뤄준 사람이 옆에 있었던 행운을 오가와 요코는 자신의 일처럼 기뻐한다.『안네의 일기』속의 유명한 일설 "나의 소망은 죽어서도 계속 살아있는 것!"이라고 하는 안네의 바람은 미프씨에 의해 이루어져, 그 영혼이 영원히 존재할 수 있었던 것에 깊이 감사한다.

안네의 흔적을 따라가는 여행은 안네의 죽음으로 향하는 도정을 간접 체험하는 것이기도 하다. 마침내 오가와 요코는 안네가 최후를 마친 장소, 아우슈비츠를 향한다. 기묘한 일이지만, 인공적인 규칙성을 갖는 강제수용소는 처음 본 순간 아름답다고 생각될 정도의 장소였다. 그렇지만 강제수용소내부에는 말을 잃을 정도의 이상하고 비참한 광경이 있었다. 안경의 산, 브러시 종류의 산, 팔에 새겨진 문신(식별번호)의 사진, V·E 프랑클* 이『밤과 안개』에서 다단식 침대라고 표현했던 침상. 트렁크의 산, 구두의 방, 머리카락의 방, 둥그런 구멍이 몇 개나 뚫려있는 가늘고 긴 판만 3열로 놓여있는 화장실. 그것은 오가와 요코에게 있어 울기조차 할 수 없으며 기도하기에도 공허하다고 느끼게 할 정도의 압도적인 광경이었다.

　『안네 프랑크의 기억』은 작가인 오가와 요코의 뿌리라고 볼 수 있는 책이다. 파란만장한 이야기는 없지만 그 조용한 필치는 마음 속 깊이 스며온다. 안네 프랑크를 향한 공명과 깊은 애정이 전편을 관통하고 있다. 그 때문일까, 『안네 프랑크의 기억』은 신기하게도 따뜻함을 느끼게 해준다. 암스테르담을 향하는 비행기 속에서 아이를 달래는 엄마에게 보내는 공감. 안네 프랑크 스쿨에서 만난 수줍어하는 소녀를 향한 상냥한 눈길. 고령의 미프씨의 생활모습을 배려하는 마음. 아우슈비츠에 데려다준 택시 운전기사의 웃는 얼굴. 안네의 발자취를 따라가는 여행은 안네의 죽음을 강하게 의식하는 여행이며, 아우슈비츠로 상징되는 고통스럽고 어두운 기억이 남는 장소를

---

* 빅토르 프랑클(Viktor Emil Frankl, 1905 ‐ 1997년) 오스트리아의 정신과의, 심리학자

직시하지 않으면 안 된다. 그럼에도 불구하고『안네 프랑크의 기억』
은 따뜻하다고 느껴지는 장면만이 깊은 인상으로 남는다. 그 토대에
있는 것은 오가와 요코가 안네 프랑크라고 하는 소녀에게 보내는 기
도와도 닮은 감정일 것이다.

　오가와 요코 소설의 특징으로써 신체를 향한 응시를 꼽는 사람이
많다. 오가와 요코 작품의 대부분은 닫힌 공간 속에서 인간 그 자체
를 응시하는 경향이 있다. 그렇지만『안네 프랑크의 기억』은 언뜻 다
른 오가와 요코의 작품과는 다른 느낌이 든다. 그것은 소설이 아닌
기행문이라는 것과, 등장인물이 모두 좋은 사람들 뿐이라는 선의가
넘치는 세계관 때문일지도 모른다. 그러나 언제나 자신의 내면을 그
려간다고 하는 점에서는 다른 작품과 전혀 다르지 않다.『안네 프랑
크의 기억』의 첫 부분에서 이번 여행이 반전과 인종차별반대 등의
사상과는 다르다는 것을 미리 양해를 구하고 있다.『안네의 일기』에
대한 위작의혹과 친나치적 사상이라고 하는 문제, 혹은 반전과 인종
차별이라고 하는 사상조차 거기에는 개재하지 않는다. 그것은 말을
바꾸자면 외부는 존재하지 않는다는 것은 아닐까.『안네 프랑크의
기억』은 안네의 내면만을 따라가는 상당히 고지식한 기행문인 것이
다. 외부가 없는 닫힌 공간 속에서 단지 오로지 안네만을 생각하며
자신의 내면을 말로 바꿔가는 작업이 이어진다. 가혹한 상황아래서
도 현실로부터 눈을 돌리지 않았던 사람들과 만나고, 그 대극이라고
도 할 수 있는 아우슈비츠를 방문한다. 오가와 요코의 인간존재 그
자체를 응시하는 시점은 흔들림이 없는 것이다.

오가와 요코(小川洋子)의 문학 세계

요정이 내려오는 깊은 마음의 바닥
- 에세이집『요정이 내려오는 밤』
『깊은 마음의 바닥으로부터』-

야마자키 마키코

 요정처럼 가볍게 그러면서도 이야기를 끊임없이 자아내어 가는 저력을 가진 이야기의 정령 오가와 요코. 그녀의 작품 바탕에 흐르는 고요함, 그 원천을 따라가 보고자한다면 두 권의 에세이집을 들여다보면 좋을 것이다.

 1998년부터 1993년에 걸쳐서 발표된 수필을 모은 첫 에세이집 『요정이 내려오는 밤』(가도카와 쇼텐, 93)에서 특히 인상에 남는 것은「윤곽과 공동」이다.

 오가와는 어느 날 전철 안에서 만난〈매력적인〉소녀에게 끌린다. 그 이유는 그녀가 입고 있던 블라우스에 놓인 하얀 레이스 자수 때문이었다. 그 아름다운 레이스에 넋을 잃고 바라보는 오가와는〈내가 마음을 빼앗긴 것은 레이스의 모양이아니라 실은 그녀의 아름다운 피부일지도 모른다, 라고 느꼈다〉라며 〈레이스의 실이 지나가지 않은 구멍부분〉에 매료되어 있음을 이야기한다.

〈선택된 언어들은 윤곽을 만들고, 버려진 언어들은 공동을 만들어 간다. 이 둘의 작용은 레이스 모양의 표면과 이면처럼 우열 없이 동등하게 엮여져 있는 기분이 든다. 공동이라고 해서 형태가 있는 것보다 열등한 것은 아니다〉라고 말하는 오가와는 스스로의 작품이 갖는 요염한 매력을 정확하게 표현하고 있다. 〈눈에 보이지 않는 내면을 어떻게든지 언어로 나타내려고 하는〉(「오만한 비유」, 초출 「추고쿠 신분」, 91.4.5) 것이 오가와에게 있어서의 소설이라는 영위라고 규정하고 있지만, 보이지 않는 내면을 언어라고 하는 실로 짜냈을 때 언어가 되지 않는 것들은 사라져 버리는 것이 아니라, 일상생활에서 넘쳐나는 한 장면의 뒷면에 숨어있는 고요한 깊이를 〈공동〉으로써 비춰서 보여주고 있는 것이다. 오가와 요코 작품의 매력은 이 공동에 있다.

공동이라고 해도 두루뭉술한 막연한 공간이 아니다. 예를 들어 오가와 요코가 인용하는 레이몬드 카버(Raymond Carver; 1938-1988, 소설가)의 소설 『수집』의 한 구절 〈우리들의 인생에 있어서 우리들은 매일 낮 매일 밤, 신체의 일부를 조금씩 떨어뜨려 가는 것입니다. 한 조각, 또 한 조각 말이죠. 그 조각들은, 그러한 우리들 몸의 작은 단편들은 도대체 어디로 가는 것일까요〉(무라카미 하루키 번역)(초출 「신초」 93)라는 질문 끝에 있는 단편(斷片)이 낙하해가는 집적소라고 할 수 있는 공간이다.

오가와 요코가 소설 속에 기억(역사)의 집적소라고 말할 수 있는 도서관이나 박물관을 계속 등장시키는 것도 이 〈공동〉과 밀접한 관계가 있는 것은 아닐까. 아무리 도서관과 박물관이 조용하다 하더라고 아무도 없는 도서관이나 박물관은 없다. 거기에는 반드시 사서나 학예사가 있고 또한 거기에 놓인 서적은 인간이 만들어 낸 것이며, 전시물도 또한 인간이 수집한 것이다. 인간과 밀접하게 관계가 있으면서도 그 인간이 갖는 생생한 육체성은 이상하게도 사라져 있다. 몸의 일부에서 한 조각 떨어져 나가 도달하는 곳, 그것이 오가와 요코가 말하는 〈공동〉이다.

그렇다면 이 〈공동〉을 다른 언어로 표현한다고 하면 무슨 말로 하면 좋을까. 두 번째 에세이집 『깊은 마음의 바닥으로부터』(가이류샤, 00)를 보도록 하자. 본서는 1994년부터 1999년까지 발표된 수필을 모은 것으로 제목은 철학자 니시다 이쿠타로의 한 수, 「내 마음 깊은 바닥이 있어 기쁨도 걱정의 파도도 닿지 않는다고 생각한다」에서 가져온 것이다(「『깊은 바닥』를 응시하다」, 「내가 좋아하는 시」, 「신초」 98).

오가와는 이 시를 문자가 아닌 조부의 목소리를 통해 귀로 익혔다고 한다. 그것도 초등학교 4, 5학년 경으로 제대로 「마음」이라는 문제를 생각하기 시작하는 시기에 만난 것이 크게 작용했을 것이다. 조부로부터 손녀에게 전해진 노래. 그것은 생의 근원을 물으며 조부가 갖는 기억과 자기관찰을 통한 사상이 조부의 신체를 통해서 손녀에게 계승되어 갔다. 오가와가 10살 정도에 세상을 떠난 금광교(金光教)의 교사였던 조부는 어린 시절 큰 병을 앓아 생사의 갈림길에 있었다고 한다. 기쁨도 걱정도 닿지 않는 마음의 바닥. 소설을 쓴다고 하는 것이 이 마음의 바닥에 내려가 몸을 맡기고 마치 무녀처럼 언어를 퍼 올려가는 작업이라고 한다면, 아까 말한 〈공동〉이란 니시다 이쿠타로가 말하는 〈마음의 바닥〉과도 통할 것이다. 그리고 그것은 오가와 개인이 소유하는 한정된 〈마음〉이 아닌, 가장 보편적이고 허락된 사람만이 내려갈 수 있는 〈마음의 바닥〉인 것이다. 허락되었다고 하는 것은 특권적인이라는 의미는 아니다. 누구나 가지고 있을 마음의 심연에 대해서 그 존재를 일찍이 깨달아, 거기에 무엇이 있는지를 두려워하지 않고 정면에서 응시한다고 하는 각오를 가진 사람이다.

시미즈 요시노리는 〈오가와 요코의 소설은 모두 미완의, 지금도 여전히 건축되어가는 거대한 표본실이며 박물관이라고 말할 수 있을 것이다〉(『유레카』 04)라고 지적하는데 표본실이든 박물관이든 공통되는 점은 이전에는 살아있던 것, 혹은 이전에는 그 시대와 유기적으로 관련이 있던 사물, 그리고 모든 것이 지금은 끝나버렸다는 것이다. 즉 이전에 살았던 생물은 숨을 쉬고 있지 않으며, 사물 같은 경우 전장에서 피가 묻은 갑옷이나 투구는 지금의 시대와는 무기적으로만 관련되어 있다. 전에 서술한 레이스와 피부의 관계처럼 죽음을 통해 생을 바라보는 오가와는, 지금은 끝나 버린 무언가가 어떻게 우리들의 〈마음의 바닥〉을 짐작하는 데에 불가결한 것인가를 숙지하고 있으며 그렇기 위해서 표본실이나 박물관을 만들지 않으면 안 되었던 것이다.

오가와의 첫 애독서는 집에 있던 가정의학사전이었다고 한다(「첫 애독서」, 초출 「볕이 잘 안 드는 집」 『분가쿠카이』 98). 대학졸업 후에 출판사근무가 무산되고, 기묘하게도 대학병원의 비서실에 근무하게 되었지

만, 이때 〈비서실에 떠도는 죽음의 감촉이 소설을 쓰지 않고는 못 견
디게 했다〉(「비서시절」, 초출 「니혼케자이 신분」 석간, 99.4.26)라고 말하고 있
는 것처럼, 죽음은 항상 사람을 마음의 심연으로 향하게 하는 것은
확실하다. 생틱쥐페리에 대해 쓴 에세이도 〈그가 그렇게도 하늘을
날고 싶었던 것은 도망하기 위해서가 아니라 역시 눈에 보이지 않는
것을 보려고 했던 것은 아닐까. 우주에 뜨고, 하늘을 표류하고, 죽음
에 근접하면 근접할수록 죽음과는 정반대인 살아가는 것에 대한 진
리가 보인다.〉라고도 서술하고 있다(「보이지 않는 것을 보려고 했다」, 초출 「추
고쿠 신분」 94.6.21).

물론 레이스의 장식을 강조하기 위해 피부의 아름다움이 필요하
며, 생을 분명한 것으로 만들기 위해 죽음을 바라본다고 하는 편의
대로 두 항을 대비시키고 있는 것이 아닌 것은, 예를 들어 「식지 않
는 홍차」를 예로 들지 않아도 될 것이다. 생의 진리를 해명하기 위해
서라고 하는, 어느 한쪽에만 입각해서 보려고 하는 이기적인 시선이
1%도 없는 것은 오가와 요코의 작품을 읽으면 금방 알 수 있을 것이
다. 양자가 서로 연결되어 있어 그것을 유기적으로 바라보는 것으로
지금까지 볼 수 없었던 것이 비로소 보여 오는 세계를 오가와는 그려
낸다. 오가와는 말한다. 〈소설을 쓰고 있을 때, 나는 언제나 과거의
시간에 서 있다. 옛 체험을 떠올린다고 하는 의미가 아니라, 자신이
이전에 존재했었지만 지금은 그 흔적 따위는 거의 사라져있는 먼 시
간의 어딘가에 이야기의 숲은 반드시 우거져있는 것이다.〉(「언어의 돌
을 하나하나 쌓아올려 간다」, 초출 제목 「소설을 쓴다」 「니혼케자이 신분」 석간, 99.4.5)
라고. 에세이의 매력은 그 사람이 갖는 독특한 감수성과 시점이 느

꺼지는 곳에 있을 것이다. 즉, 쓰는 이의 인간의 매력 그자체가 에세이에 반영된다. 오가와 요코가 이야기를 만들어내는 숲은 너무나도 풍성하고 무성하다.

오가와 요코 연보(年譜)

1962년   혼고(本郷) 집안의 장녀로 오카야마 현(岡山県) 오카야마 시(岡山市) 출생. 금광교(金光敎)의 사택에서 자란다.

1965년 3세 남동생 태어남

1968년 6세 〈첫 애독서〉는 가정의학사전이며, 소년소녀세계문학 전집을 매달 구독하였고, 글짓기를 시작한다.

1973년 11세 초등학교 전학

1974년 12세 중학교 입학. 『안네의 일기』를 읽고 감동하여 글쓰기에 더욱 흥미를 갖기 시작한다.

1977년 15세 고등학교 입학. 궁도와 야구 관람에 취미가 생김. 또한 시 창작에도 눈을 뜸. 점점 창작의욕이 생겨 현대시와 드라마, 소설 등에 대한 공부를 할 수 있는 와세다대학 문예과(早稲田大学 文芸科) 입학을 목표로 한다.

1980년 18세 와세다대학 문예과에 입학. 금광교 여자기숙사에서 생활한다. 대학 동아리 「현대문학회(現代文學會)」에 소

217

속. 대학 4학년 때, 「가이엔」 신인문학상에 응모하지만 제1차 심사에서 떨어진다.

1984년 22세 대학 졸업 후, 소설을 쓰기위해 도쿄에서 출판사 입사 지원을 하지만 낙방. 고향인 오카야마 현(県)의 구라시키 시(倉敷市)의 의대 비서실에서 근무. 죽음과 항상 마주하는 병원이라는 장소에서의 경험이 작품에도 나타난다.

1986년 24세 엔지니어 오가와 다카오(小川隆生)와 결혼. 직장을 그만두고 사택에 살며 소설 쓰기에 전념한다.

1988년 26세 10월 「호랑나비가 으스러질 때」로 「가이엔」 신인상 수상

1989년 27세 「완벽한 병실」로 처음 아쿠타가와 상 후보가 된다. 장남이 태어남.

9월 『완벽한 병실』 간행. 「다이빙 수영장」이 두 번째 아쿠타가와 상 후보가 된다.

1990년 28세 3월 처음으로 잡지「마리 클레르」에 소설「슈거 타임」을 연재. 「식지 않는 홍차」로 3기 연속으로 아쿠타가와 상 후보가 된다. 구라시키에 새집을 마련. 「임신 캘린더」로 아쿠타가와 상 수상. 20대의 여성으로는 전후 첫 아쿠타가와 상 수상으로 화제가 됨. 「기숙사」 발표

1991년 29세 1월 「임신 캘린더」가 NHK라디오 드라마화 된다. 2월 『임신캘린더』『슈거 타임』 간행, 11월 『여백의 사랑』 간행

1993년 31세 4월『안젤리나 - 사노 모토하루와 10개의 단편-』간행, 7월 에세이 집『요정이 내려오는 밤』간행

1994년 32세 1월 장편소설『고요한 결정』간행, 6월 안네 프랑크와 관련된 장소를 방문하여 취재. 10월『약지의 표본』 간행

1995년 33세 8월『안네 프랑크의 기억』간행

1996년 34세 3월『자수를 놓는 소녀』, 11월『호텔 아이리스』와『부드러운 호소』간행

1998년 36세 5월『얼어붙은 향기』, 6월『과묵한 시체 음란한 애도』 간행

1999년 37세 7월 두 번째 에세이집『깊은 마음의 바다으로부터』간행

2000년 38세 9월『침묵박물관』, 12월『우연의 축복』간행

2001년 39세 3월『눈꺼풀』간행

2002년 40세 2월『귀부인 A의 소생』간행, 효고 현(兵庫県) 아시야 시 (芦屋市)로 이주

2003년 41세 4월 투르게네프 원안의 동명작품을 자유롭게 재해석한『첫사랑』간행, 8월『박사가 사랑한 수식』간행

2004년 42세 『박사가 사랑한 수식』으로 요미우리 문학상과 서점대상 수상. 4월『브라만의 매장』간행과 이 작품으로 이즈미 교카상 수상, 미국의 주간지『THE NEW YORKER』에 첫 영어번역작품으로「저녁녘의 급식실과 비 내리는 수영장」이 게재된다.

2005년 43세 4월 후지와라 마사히코(藤原正彦)와의 공저『세상에서

가장 아름다운 수학 입문』 간행, 『약지의 표본』이 프
랑스에서 영화화

2006년 44세 『미나의 행진』으로 다니자키 준이치로상 수상, 『옛날
이야기의 분실물』, 『바다』, 에세이집 『개꼬리를 쓰다
듬으면서』 간행

2007년 45세 『새벽의 가장자리를 헤매는 사람들』, 자선집 『처음 읽
는 오가와 요코』, 에세이집 『이야기의 역할』과 『박사
의 책꽂이』 간행

2008년 46세 에세이집 『과학의 문을 노크하다』

2009년 47세 『고양이를 안고 코끼리와 헤엄치다』, 에세이집 『마음
과 공명하는 독서안내』와 『색깔 입힌 병아리와 커피
콩』 간행

2010년 48세 『원고 0매 일기』, 에세이집 『기원하며 쓰다』

2011년 49세 『인질의 낭독회』 에세이집 『망상기분』

2012년 50세 『세상 끝 아케이드』와 『작은 새』, 에세이집 『어쨌든 산
책합시다』 간행

2013년 51세 『항상 그들은 어딘가에』 간행, 『작은 새』으로 예술선
장문부과학대신상(芸術選奨文部科学大臣賞) 수상

2015년 53세 『앰버의 깜박임』

2017년 55세 『불시착하는 유성들』

2018년 56세 『휘파람을 잘 부는 백설공주』

2019년 57세 『작은 상자』

(2006년 이후의 연보는 역자가 보완한 것임을 밝힘)

원어표기 일람

오가와 요코 작품(한국어 ㄱㄴㄷ순)

〈ㄱ〉

개꼬리를 쓰다듬으면서 犬のしっぽを撫でながら

고양이를 안고 코끼리와 헤엄치다 猫を抱いて象と泳ぐ

고요한 결정 密やかな結晶

과묵한 시체 음란한 애도 寡黙な死骸 みだらな弔い

과학의 문을 노크하다 科学の扉をノックする

귀부인A의 소생 貴婦人Aの蘇生

기숙사 ドミトリイ

기원하며 쓰다 祈りながら書く

깊은 마음의 바닥으로부터 深き心の底より

〈ㄴ〉

눈꺼풀 まぶた

〈ㄷ〉

다이빙 수영장 ダイヴィング・プール

〈ㅁ〉

마음과 공명하는 독서안내 心と響き合う読書案内

망상기분 妄想気分

미나의 행진 ミーナの行進

〈ㅂ〉

바다 海

박사가 사랑한 수식 博士の愛した数式

박사의 책꽂이 博士の本棚

배영 バックストローク

부드러운 호소 やさしい訴え

불시착하는 유성들 不時着する流星たち

브라만의 매장 ブラマンの埋葬

비참한 주말 情けない週末

〈ㅅ〉

새벽의 가장자리를 헤매는 사람들 夜明けの縁をさ迷う人々

색깔 입힌 병아리와 커피 콩 カラーひよことコーヒー豆

세상 끝 아케이드 最果てアーケード

슈거타임 シュガータイム

식지 않는 홍차 冷めない紅茶

〈ㅇ〉

안네 프랑크의 기억　アンネ·フランクの記憶

안젤리나 사노 모토하루와 10개의 단편　アンゼリーナ 佐野元春と10の短編

약지의 표본　薬指の標本

앰버의 깜박임　琥珀のまたたき

얼어붙은 향기　凍りついた香り

여백의 사랑　余白の愛

옛날얘기의 분실물　おとぎ話の忘れ物

완벽한 병실　完璧な病室

요정이 내려오는 밤　妖精が舞い降りる夜

우연의 축복　偶然の祝福

원고 0매 일기　原稿零枚日記

육각형의 작은방　六角形の小部屋

이야기의 역할　物語の役割

인질의 낭독회　人質の朗読会

임신캘린더　妊娠カレンダー

〈ㅈ〉

자수를 놓는 소녀　刺繍する少女

작은 상자　小箱

작은 새　ことり

저녁녘의 급식실과 비 내리는 수영장　夕暮れの給食室と雨のプール

〈ㅊ〉

처음 읽는 오가와 요코 はじめての小川洋子

침묵박물관 沈黙博物館

〈ㅎ〉

항상 그들은 어딘가에 いつも彼らはどこかに

호랑나비가 으스러질 때 揚羽蝶が壊れる時

호텔 아이리스 ホテルアイリス

휘파람을 잘 부는 백설공주 口笛の上手な白雪姫

작가 원어표기(논문순)

다카네자와 노리코(무사시노대학 강사)

高根沢紀子(武蔵野大学非常勤講師)

小川洋子の文学世界

다카하시 마리(다이토분카대학 강사)

高橋真理(大東門化大学非常勤講師)

「揚羽蝶が壊れる時」−さえとミコトの間−

아오시마 야스후미(도쿄도립 무사시무라야마고등학교 교사)

青嶋康文(東京都立武蔵村山高等学校教諭)

封印される記憶−「完璧な病室」を読む−

치바 슌지(와세다대학 교수)

千葉俊二(早稲田大学教授)

完璧な肉体/腐敗する身体

−「ダイヴィング・プール」をめぐって−

구라타 요코(오챠노미즈대학 대학원생)

倉田容子(お茶の水女子大学大学院生)

「妊娠カレンダー」

−エイリアン、またはサイボーグとしての胎児−

▌다카기 도루(츄부대학 조교수)

　高木徹(中部大学助教授)

　　「妊娠カレンダー」－食の風景－

▌고야나기 시오리(무사시노대학 학생)

　小柳しおり(武蔵野大学学生)

　　「ドミトリイ」－パッチワークを中心に－

▌쓰쿠이 슈이치(도치키현립 나스키요미네고등학교 교사)

　津久井秀一(栃木県立那須清峯高等学校教諭)

　　「夕暮れの給食室と雨のプール」－陰画との対話、そして別れ－

▌후카사와 하루미(와요쿠단여자고등학교 교사)

　深澤晴美(和洋九段女子高等学校教諭)

　　『シュガータイム』－対象喪失の物語－

▌하토리 데쓰야(세케이대학 명예교수)

　羽鳥徹哉(成蹊大学名誉教授)

　　『余白の愛』－静けさの底からの回復－

▌모리모토 다카코(시즈오카대학 조교수)

　森本隆子(静岡大学助教授)

　　「薬指の標本」－「密室」の脱構築－

스즈키 신이치(도요대학 부속 우시히사고등학교 교사)
鈴木伸一(東洋大学付属牛久高等学校教諭)
　　『アンジェリーナ　佐野元春と10の短編』
　　　－「バルセロナの夜」夢幻の伝統－

하마사키 유키코(오차노미즈여자대학 대학원생)
濱崎由紀子(お茶の水女子大学大学院生)
　　『アンジェリーナ　佐野元春と10の短編』

미야케 요시조(치바현 마구하리종합고등학교 교사)
三宅義蔵(千葉県立幕張総合高等学校教諭)
　　『密やかな結晶』－その作品世界を楽しむ－

스도 히로아키(모리오카대학 조교수)
須藤宏明(盛岡大学助教授)
　　「六角形の小部屋」－密やかに続く〈独り言〉文学史－

야마다 요시로(쓰루미단기대학 부교수)
山田吉郎(鶴見大学短期大学副教授)
　　『刺繍する少女』－閉鎖感覚と永遠化－

시노노메 가야노(칸토국제고등학교 교사)
東雲かやの(関東国際高等学校教諭)
　　『ホテル・アイリス』－二粒の試薬－

▌우에다 가오루(니혼대학 조교수)
　上田薫(日本大学助教授)
　　『やさしい訴え』－言葉のない感情－

▌야마구치 마사유키(센슈대학 교수)
　山口政幸(専修大学教授)
　　『凍りついた香り』

▌다케다 에리코(재단법인 니치후쓰회관)
　武田恵理子(財団法人 日仏会館)
　　『寡黙な死骸 みだらな弔い』－弔いの共同体－

▌다무라 요시카쓰(오우대학 교수)
　田村嘉勝(奥羽大学教授)
　　『寡黙な死骸 みだらな弔い』－複雑な謎－

▌후지사와 루리(메이지대학·도쿄대학 강사)
　藤澤るり(明治大学·東京大学非常勤講師)
　　『沈黙博物館』－放逐された弟－

▌후지타 나오코(세이케대학 조수)
　藤田尚子(成蹊大学助手)
　　『偶然の祝福』－行き詰まりの先にあるもの－

▌이와키 아유카(소카대학 대학원생)

　磐城鮎佳(創価大学大学院生)

　　『まぶた』

▌하마사키 마사히로(근대문학연구가)

　濱崎昌弘(近代文学研究者)

　　『まぶた』－孤高なる＜者＞と出会う前－

▌오모토 이즈미(센다이시라유리여자대학 조교수)

　大本 泉(仙台白百合女子大学助教授)

　　『貴婦人Aの蘇生』－閉じられた世界から開かれた世界へ－

▌시미즈 요시노리(아이치슈쿠토쿠대학 교수)

　清水良典(愛知淑徳大学教授)

　　『博士の愛した数式』－神の手帳に記されていること－

▌하라 젠(무사시노대학 교수)

　原 善(武蔵野大学教授)

　　博士の愛した数式/数式の中に埋もれた愛

▌미네무라 야스히로(기타토시마중·고등학교 강사)

　峰村康広(北豊島中学高等学校非常勤講師)

　　『ブラマンの埋葬』のリアル

█ 이시지마 유미코(일본문학연구자)

石嶋由美子(日本文学研究者)

　　『アンネ・フランクの記憶』-『アンネの日記』と幸福な出会い -

█ 야마자키 마키코(삿포로대학 조교수)

山崎真紀子(札幌大学助教授)

　　『妖精が舞い降りる深き心の底』

　　- エッセイ集『妖精が舞い降りる夜』『深き心の底より』-

인용된 작가 원어표기(ㄱㄴㄷ순)

가사이 기요시　笠井潔

가와모토 사부로　川本三郎

가와바타 야스나리　川端康成

　　「眠れる美女」

　　「片腕」

가와카미 히로미　川上弘美

　　『センセイの鞄』

간다 노리코　神田法子

나쓰메 소세키　夏目漱石

나카가미 켄지　中上健次

고노 다에코　河野多恵子

고누마 준이치　小沼純一

　　「大胆にしかけられた時間と空間のズレ」

고이케 마리코　小池真理子

　　「愛の本質、ねじれるエロス」「小説現代」

나쓰메 소세키　夏目漱石

나카가미 켄지　中上健次

나카자와 게이　中沢けい

　　「海を感じる時」

니시다 이쿠타로　西田幾多郎

　　「『深き心』を見据える」

다카하라 에리　高原英理

마루타니 사이이치　丸谷才一

무라카미 하루키　村上春樹

　　　『風の歌を聴け』

무라타 키요코　村田喜代子

　　　「シュガーの霧にのぞくもの」

미나토 치히로　港千尋

　　　『記憶』

미야우치 준코　宮内淳子

미야자키 하야오　宮崎駿

　　　「となりのトトロ」

미우라 데쓰오　三浦哲郎

미우라 마사시　三浦雅士

미즈하라 시온　水原紫苑

사기사와 메구무　鷺沢萌

　　　「桜葉の日」

사에구사 가즈코　三枝和子

사이토 다마키　斎藤環

사이토 미나코　斎藤美奈子

　　　『妊娠小説』

시미즈 요시노리　清水良典

　　　「秘められた共和国」

시바타 모토유키　柴田元幸

「きれいはきたない きたないはきれい」

쓰게 미쓰히코 柘植光彦

아쿠타가와 류노스케 芥川龍之介

에토 준 江藤淳

『成熟と喪失』

야마다 에이미 山田詠美

오기노 안나 荻野アンナ

오에 겐자부로 大江健三郎

오코노기 게이고 小此木啓吾

『モラトリアム人間の心理構造』

『対象喪失　悲しむということ』

『モラトリアム社会のナルシスたち』

요시유키 준노스케 吉行淳之介

이노우에 큐이치로 井上究一郎

이사카 요코 井坂洋子

이쓰지 아케미 井辻朱美

이지마 고이치 飯島耕一

이토 우지타카 伊藤氏貴

추조 쇼헤이 中条省平

치노 보시 千野帽子

하치카이 미미 蜂飼耳

호젠 노부히데 保前信英

후쿠다 가즈야 福田和也

『作家の値うち』

잡지·신문·출판사·신문사 (ㄱㄴㄷ순)

가도카와 쇼텐 角川書店

가와데 쇼보 河出書房

가이류샤 海竜社

가이엔 海燕

가쿠슈 켄큐샤 学習研究者

겟칸 가도카와 月刊カドカワ

겐토샤 幻冬社

고단샤 講談社

고단샤 신쇼 講談社新書

군조 群像

니혼케자이 신분 日本経済新聞

마리 클레르 マリ・クレール

분가쿠카이 文學界

분게슌주 文藝春秋

쇼세쓰 겐다이 小説現代

쇼세쓰 TRIPPER 小説トリッパー

슈칸 도쿠쇼진 週刊読書人

슈칸 분슌 週間文春

슈칸 쇼세쓰 週刊小説

슈칸 아사히 週刊朝日

신초 新潮

신초샤 新潮社

아사히 신분 朝日新聞

아사히 신분샤 朝日新聞社

야세이지다이 野生時代

유레카 ユリイカ

지쓰교노 니혼샤 実業之日本社

추고쿠 신분 中国新聞

추오코론샤 中央公論社

추코코론신쇼 中公公論新書

치쿠마 쇼보 筑摩書房

후쿠타케 분코 福武文庫

문학상(ㄱㄴㄷ순)

다니자키 준이치로 상 谷崎潤一郎賞

아쿠타가와(류노스케) 상 芥川(龍之介)賞

요미우리 문학상 読売文学賞

이즈미 쿄카 상 泉鏡花賞

혼야 대상 本屋大賞

역자 약력

▌김선영 ▌

　와세다대학 일본문학 학사
　한국외국어대학교 일어일문 석사
　한국외국어대학교 일어일문 박사
　현 청주대학교 동양어문전공 소속

　〈논문〉
　일본근대문학과 의식주 문화
　오가와 요코(小川洋子)문학의 '가족' 고찰
　오가와 요코(小川洋子)의 『박사가 사랑한 수식(博士の愛した数式)』론 외